FÊNIX

O renascer das cinzas

MARINA MAUL FRANÇA

FÊNIX

O renascer das cinzas

ns
São Paulo, 2021

O renascer das cinzas
Copyright © 2021 by Marina Maul França
Copyright © 2021 by Novo Século Ltda.

EDITOR: Luiz Vasconcelos
ASSISTÊNCIA EDITORIAL: Tamiris Sene
PREPARAÇÃO: Cínthia Zagatto
REVISÃO: Flavia Cristina Araujo
DIAGRAMAÇÃO: Plinio Ricca
CAPA E ILUSTRAÇÃO: Paulo Caetano

Texto de acordo com as normas do Novo Acordo Ortográfico
da Língua Portuguesa (1990), em vigor desde 1º de janeiro de 2009.

Dados Internacionais de Catalogação na Publicação (CIP)
Angélica Ilacqua CRB-8/7057

França, Marina Maul
  Fênix : o surgimento da guardiã / Marina Maul França. -- Barueri, SP : Novo Século Editora, 2021.
  208 p.

ISBN 978-65-5561-167-0

1. Ficção brasileira I. Título

21-0977   CDD 869.3

Índice para catálogo sistemático:
1. Ficção brasileira 869.3

Alameda Araguaia, 2190 – Bloco A – 11º andar – Conjunto 1111
CEP 06455-000 – Alphaville Industrial, Barueri – SP – Brasil
Tel.: (11) 3699-7107 | E-mail: atendimento@gruponovoseculo.com.br
www.gruponovoseculo.com.br

Uma marca do Grupo Novo Século

Agradecimentos

Quero agradecer primeiramente a Deus e à minha mãe, Analise Maul.

Nunca poderei esquecer também o apoio e a confiança da Editora Novo Século que, mais uma vez, abriu esta oportunidade para a publicação de um livro de minha autoria.

Assim como na primeira obra, espero que continuem comigo nesta jornada de escrita e imaginação. Tenham uma boa leitura com esta continuação de tirar o fôlego. Ainda mais intensa. E bem mais obscura.

Sumário

Capítulo I – Os dois caminhos 13

Capítulo II – O espelho 23

Capítulo III – Névoa branca 33

Capítulo IV – As duas damas do jogo 45

Capítulo V – Um mero jardim suspenso 57

Capítulo VI – O destino não perdoa 69

Capítulo VII – Uma pausa no caos 81

Capítulo VIII – O seu olhar não mente 91

Capítulo IX – Lembranças do passado 101

Capítulo X – Novos rumos 111

Capítulo XI – A chuva volta a aparecer 121

Capítulo XII – A dama de sangue 131

Capítulo XIII – A outra face 141

Capítulo XIV – O laranja surge 149

Capítulo XV – Marcas do pesadelo 159

Capítulo XVI – Estrada da sorte 169

Capítulo XVII – Xeque-mate 179

"Estamos aqui para fazer alguma diferença no universo, se não, por que estar aqui?"

Steve Jobs

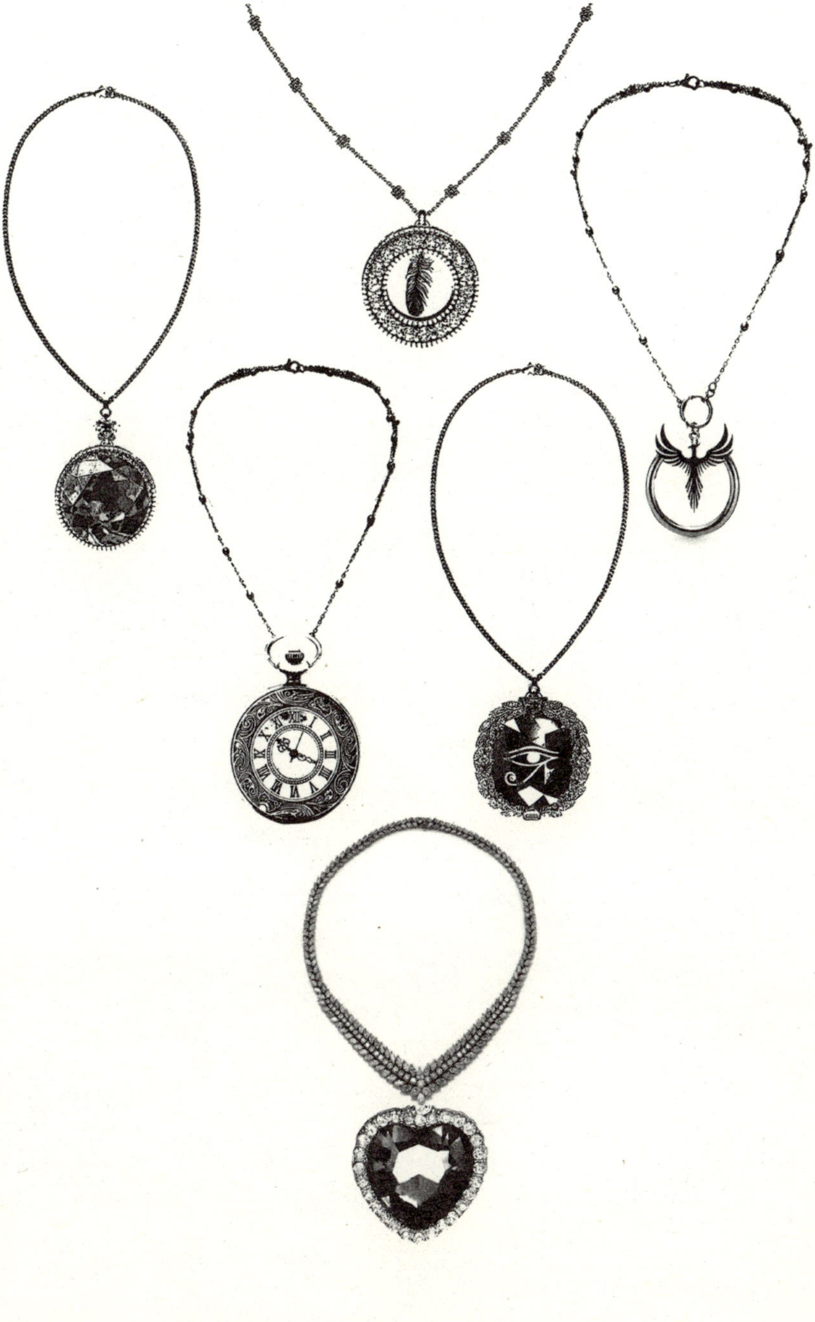

CAPÍTULO I
Os dois caminhos

Atordoado, o criador de insígnias saiu da casa de Thomas e James aos tropeços.

Com a visão embaçada, Diana se levantou, trombando no sofá onde Dulce estava. A mulher adormecida demoraria a acordar.

Subiu as escadas e checou o quarto dos dois rapazes. Ambos dormiam tranquilamente.

Ao sentir algo frio e pesado em seu pescoço, tocou com a ponta dos dedos. Ela pôde sentir o poder emanado do objeto e franziu a testa. A Insígnia do Tempo parecia incomodá-la.

Com uma das mãos, apoiou-se no corrimão da escada enquanto descia os degraus. Diana não assinaria a sentença de morte do criador de insígnias. Pelo menos não antes de saber o porquê de ele ter feito aquele gesto heroico.

Antes que pudesse alcançar a porta da entrada, escutou: *Você se acostumará*, disse uma voz masculina em sua mente, muito semelhante à de Jasper.

Ela queria respostas. E elas viriam agora. Sem falta.
Saiu de casa.

– Jasper! – gritou, correndo atrás de um vulto que se misturava rapidamente com as árvores.

Ele se virou para a garota. Ao vê-lo enfurecido, Diana parou o mais rápido que pôde.

– Eu vou matá-la – vociferou. – Helen está com as outras insígnias.

– Eu vi. – Engoliu em seco. – Você não fará isso sozinho.

Ele balançou a cabeça.

– Você não entende...

Ela o interrompeu:

– Não entendo o quê? Que vou morrer? – Exaltou-se, erguendo seus braços bruscamente. – Eu tenho a maldição completa.

O homem baixou os ombros e a alertou:

– Será perigoso.

Hunt a levou até um cavalo de pelagem inteiramente branca, mais alvo do que a própria neve. Parecia uma miragem de tão perfeito e imponente. Sua crina estava repleta de tranças e a postura era impecável. Parecia que havia nascido para liderar e encantar a todos que olhassem para ele.

– Ele é meu amigo há um tempo. – Acariciou a crina do animal.

– Você não sabe... dirigir? – perguntou a garota enquanto recebia ajuda do rapaz para subir no cavalo, que pareceu relutar diversas vezes antes de permitir que montassem nele.

Diana tentou se segurar nas crinas do animal.

– Ele está assim porque sabe da sua condição. – Fez uma pausa. – Mas eu sei pilotar muito bem, se quer saber.

Jasper finalmente montou no animal, e Diana entrelaçou suas mãos na cintura dele.

Naquele exato momento, o homem virou seu rosto o máximo que pôde e agora, de perfil, a garota viu uma risada marota estampada nele.

– Bom saber e... – olhou para a cabeça do cavalo – ele cavalga rápido?

– Mais do que você imagina.

Hunt fez um comando curto para o animal, que saiu galopando de uma forma veloz.

– E seu nome? Ele só pode ser um cavalo de corrida, estou certa?

– Thunderhead. O mais rápido entre eles – disse sereno enquanto sorria. – É nosso segredo.

– Anotado. E para onde vamos? – Arqueou as sobrancelhas.

– Fazer uma visitinha ao guardião do espelho.

Depois de um tempo, Thomas e James retomaram a consciência.

– Mas que m...

– Ei! – Thomas cortou as palavras do irmão.

– Os dois desceram as escadas. Dulce ainda estava dormindo.

James balançou a cabeça, e Thomas notou a falta de Diana.

– Onde ela está? – James se virou para o rapaz, ainda cambaleando por conta do feitiço lançado por Helen.

– Tenho receio do que estou pensando agora ... Olhe. – Apontou para o lugar onde as Insígnias da Fênix e da Morte ficavam.

– Que bagunça. – Levou suas mãos à cabeça, andando de um lado para o outro.

– Agora temos de recuperá-las, irmão. – Thomas apoiou a palma de sua mão no ombro tenso de James.

Ele suspirou.

– É... Vidinha difícil, hein? – James arqueou as sobrancelhas. – Tô mais preocupado é com a garota.

– É... – disse resignado.

Thomas comprimiu seus lábios enquanto balançava suavemente a cabeça em um gesto positivo. Colocou as mãos na cintura ao mesmo tempo em que pensava em uma forma de resgatá-la.

– Tá fazendo o que aí, parado? Mexa esse esqueleto, anda! – O outro usou um tom de voz mais rude que o necessário para fazê-lo se mexer. Após pegar a chave do carro, olhou para os potes com sal por um instante.

Thomas notou:

– Reconsiderando algo? – disse em tom de deboche.

– Acho que podemos jogá-los fora – James constatou.

O irmão se apressou, dando umas batidinhas nas suas costas.

– Faça isso quando voltarmos.

James fez que sim com a cabeça.

Uma atmosfera densa se instalara, dando espaço a incertezas e lembranças de perdas enfrentadas por todos os envolvidos: Thomas e James tiveram duas de suas insígnias roubadas; Diana fora privada de sua paz e ganhara uma maldição de presente, a qual consumia sua alma pouco a pouco; e, por último, Hunt deixara de deter o poder da Insígnia do Tempo. Por mais que isso fosse uma escolha sua, para salvar a mais recente guardiã secundária do Espelho das Almas, as circunstâncias eram severas e não hesitariam em derrubá-lo.

Entre todos eles, Diana parecia a menos preocupada, pois, mesmo com tarefas árduas que lhe foram delegadas sem alternativa, a jovem escritora sentia uma espécie de força – ligada ao poder da Fênix – que a deixava mais ousada, destemida. E isso não era mais um problema.

Ela desfrutava o passeio. Jasper estava sério na maior parte do tempo, porém não conseguia deixar de esbanjar resquícios de seu charme na direção da garota.

Thunderhead sentia todas as vezes que as íris de Diana mudavam de cor – o castanho sereno dando lugar a um laranja vívido.

Havia uma chama em seu olhar e, por mais que Jasper soubesse exatamente o que estava por vir – apenas dor e sofrimento –, ele se permitia alguns momentos de liberdade enquanto a morte ainda não o alcançara.

Diana inspirava aquele ar puro ainda não contaminado pela paisagem caótica da cidade.

– É inspirador – Hunt comentou.

A garota olhava para cima. Ela sorriu e balançou a cabeça ao pensar: *o céu é o limite*. Depois cerrou os olhos ainda com as íris alaranjadas.

– Para os meros mortais, sim – Hunt respondeu.

Diana abriu seus olhos.

– O q-que disse? – gaguejou.

Ele sorriu.

– Posso ouvi-la. – Virou-se de perfil para a garota. – Sua mente.

Ainda sem compreender, Diana franziu sua testa enquanto pensava. Temeu ao fazer a seguinte pergunta:

– Desde quando?

– Desde o momento em que coloquei a Insígnia do Tempo em seu pescoço.

A garota perdeu o fôlego. Seu coração acelerou e os fragmentos de uma Diana confusa e insegura retornaram. Ela estava confiante, porém ao saber que os seus pensamentos eram compartilhados com Jasper, seu estado mudou.

Pensou em tirar o colar do pescoço, mas, antes que pudesse mexer sua mão, Jasper disse em um tom de deboche:

– Não adianta mais, minha guardiã.

Suas bochechas coraram. Diana inspirou profundamente e expirou. Envolveu-o fortemente com os braços, sentindo ainda mais a forma da cintura do rapaz.

Ela abaixou a cabeça e fitou a insígnia.

– Está com uma rachadura. Tem como...

Ele a interrompeu.

– Não. Ela é irreparável, mas tive de fazer isso. Com sorte, Helen ficará distante de você por um tempo.

Diana parou para pensar por alguns instantes.

– E Dulce? Thomas... James? – perguntou, mas sem preocupação. E ela esperava que Jasper não notasse sua falta de sensibilidade.

– Estão todos bem, mas Dulce demorará um pouco mais para acordar.

– Helen foi longe demais.

Ele deu de ombros.

– Isso não me espanta. – Pausou a fala. Sua entonação ficou mais grave. – E agora a sua tarefa mudou. Você terá de aprender a conviver com a maldição antes de procurar as insígnias ou de matar mortos renascidos...

– Como a Helen?

Hunt retrucou:

– Agora ela é mais que isso.

Mais alguns minutos de cavalgada foram necessários para que pudessem chegar à casa do guardião do espelho. Jasper deixou Thunderhead não muito distante dela, mas o bastante para a presença do animal passar despercebida.

Hunt precisou ajudar Diana a descer do animal.

– Obrigada. Ele sempre foi rápido assim? – Virou-se para Thunderhead. O cavalo a encarou por alguns segundos antes de conferir se aquele capim era bom.

– Devo admitir que posso ter lançado uma espécie de encantamento para... melhorar seu dom.

Ela tentou esconder um sorriso.

– Algum plano em mente?

Ele sorriu sem deixar os dentes à mostra.

– Infelizmente, sim.

– Você pode explicar para mim? – Cruzou seus braços em tom de protesto enquanto ria.

Ele fez um gesto positivo com a cabeça.

– Claro. – Aproximou-se ainda mais de Diana. – Você será a minha isca, garota.

Diana sorriu antes de se virar de costas.

– E será que o peixe morderá a isca?

Hunt sussurrou em seu ouvido:

– Se a isca for você, com certeza.

Eles seguiram para a casa de Marlon. Ainda mais obscura. Ainda mais solitária.

Jasper pegou algo semelhante a um arame para abrir a porta e, com um gesto rápido, conseguiu sem dificuldade.

Diana o olhava, à espera de uma boa explicação, mas tudo que o rapaz falou foi:

– Tenho meus truques.

Eles entraram na casa.

– O guardião não está aqui.

Diana caminhou pela sala e andou entre as estantes de madeira. Passou seus finos dedos pelo pote que continha a cobra de estimação.

– E, pelo jeito, não voltará – disse Jasper enquanto se dirigia para o cômodo que abrigava o Espelho das Almas.

– Não penso o mesmo. Mimi ainda está aqui. – Dirigiu seus olhares escarlates para o rapaz, e subiu as escadas. Correu para alcançar o criador de insígnias.

Por que Jasper quer entrar lá? Teria algo escondido no espelho?, pensou.

– Sim – disse ele.

Diana suspirou.

– De novo. – Balançou a cabeça. – Terei de me acostumar com isso?

Jasper não deu atenção ao que Diana dizia. Seus olhos estavam vidrados em algo ainda mais perturbador. Ele olhava para o chão.

– Sangue? – Diana deu um palpite depois de analisar aquele líquido com o olhar.

– Pior – disse Jasper.

O rapaz se abaixou para conferir o líquido viscoso. Tocou-o com a ponta do dedo indicador e o esfregou com os outros, fazendo movimentos circulares.

Diana lentamente cruzou seus braços ao ir em direção ao Espelho das Almas. Notou a falta do lençol branco que o cobria da última vez que visitara aquele cômodo da casa e descruzou os braços.

– Thomas e James devem estar preocupados – comentou enquanto passava sua palma da mão pela moldura entalhada.

Jasper foi ao seu encontro.

– Está preocupada?

Ela disse mais rápido que o normal:

– Não.

Sua voz estava sem nenhuma emoção. Para a surpresa da garota, Hunt também não demonstrou nada. Aquilo só podia ser efeito da Insígnia do Tempo.

Diana voltou a se questionar mentalmente sobre o líquido viscoso que encontraram no chão.

– Era um elixir – disse ele. – E um dos poderosos.

A garota suspirou novamente.

– Estamos encrencados? – Arqueou as sobrancelhas.
– E quando não estamos? – Sorriu Jasper.
Ela estava séria, mais séria que o esperado. Diana dispensara seu sorriso ao se lembrar de uma questão importante.
– O que procuraremos em Dark Night Valley?
Ele fez que não com a cabeça e apontou para a garota.
– Errado. O que *eu* procurarei. – Pausou sua fala e balançou negativamente seu dedo indicador na direção de Diana. – Você não entrará no espelho, não agora... mas procuramos um dos livros.
Ela não ficou contente com a resposta, pois queria conhecer o vilarejo no qual Jasper nascera cerca de um século e meio atrás.
– Está bem – disse contra sua vontade.
– Mas precisarei da sua chave, assim Marlon não sentirá minha energia quando ele voltar... *se* ele voltar.
Ela levou um susto.
– Eu não estou com... – Tocou em seu pescoço.
Hunt tirou o colar de prata com o pingente azul em formato de coração do bolso e o segurou apenas com o dedo indicador, balançando-o freneticamente.
– Eu peguei emprestado, se não se importa. – Sorriu.
Ela se aproximou ainda mais do rapaz. Tão perto que pôde sentir sua respiração serena.
Enquanto a jovem escritora e o criador de insígnias contemplavam o Espelho das Almas, Marlon se tornara uma presa.
– Saia! – O guardião do espelho corria o mais rápido que suas pernas permitiam.
Uma mulher gargalhava. Seus olhos azuis estavam cerrados. Era Helen. E ela não estava para brincadeiras.
Por uma densa floresta, sem saber exatamente onde estava, o guardião corria ao mesmo tempo em que olhava para todos os lados. Assustado e desarmado, foi consumido

pelo medo. Um sentimento que ficara inativo por muitos anos e só reaparecera graças à vinda da mulher de Brian.

Marlon parou de correr. Apoiou a palma das mãos nos joelhos e curvou seu corpo e sua cabeça para a frente. Mal conseguia respirar.

Vestia uma jaqueta marrom de algodão com cinco ou seis fivelas em cada manga e calça jeans, uma camisa branca com estampas de figuras geométricas coloridas bem pequenas e botas de couro de cano curto marrons.

Ela estava de volta. E mais forte do que nunca.

Momentos depois, ele recobrou parte do fôlego.

– Ond... – Ofegou. – Onde você está? – Virou-se para todos os lados e parou por uns instantes. Sentiu uma presença gélida e sobre-humana perto de si.

– Do seu lado – sussurrou. – Bu!

Daquela vez, nada de roupas opulentas. Helen vestia uma jaqueta verde-militar de algodão com pequenos bordados dourados em sua gola, regata branca e calça jeans não muito justa ao corpo. Usava botas estilo coturno pretas, as quais, por alguma razão, estavam repletas de lama.

Marlon se afastou alguns passos e tropeçou na grossa raiz de uma árvore centenária, caindo sobre muitas outras como aquela, entrelaçadas.

– Ela não está aqui – vociferou. – E, se estivesse, eu não diria a você.

Helen riu, jogando a cabeça para trás. Seus cabelos longos e negros se esvoaçaram. Ela deu um passo em direção ao rapaz.

– Eu sei, querido. – Tirou um frasco de um dos bolsos da jaqueta. – E é por isso que eu trouxe isto. – Deu um sorriso maroto ao mostrar um pequeno frasco de vidro transparente, fechado com uma rolha semelhante à de uma garrafa de vinho, contendo um líquido avermelhado e viscoso.

O rapaz a olhava aterrorizado.

CAPÍTULO II
O espelho

Jasper parecia inquieto.
– Que foi?
Ele suspirou:
– Mau pressentimento. Coisa boba. – Balançou a cabeça.
Diana sentiu calafrios ao tocar no ombro do rapaz. Cerrou seus olhos e, ao abrir, as íris estavam alaranjadas.
– Helen – disse com uma voz fraca.
– Sim – confirmou o rapaz. – Precisamos ser rápidos agora.
Diana cruzou os braços e fitou o chão. Sua intuição dizia que aquele líquido viscoso tinha a ver com o clima tenso que surgira por ali. Enquanto Jasper encarava o espelho uma última vez antes de atravessá-lo, ela se aproximou da única janela, pequena e empoeirada, daquele ambiente.
Ainda com os braços cruzados, espiou Thunderhead. Imediatamente, o cavalo recuou, relinchando o mais alto que podia.
– Ele sente a magia – Jasper explicou.
Diana se virou, com os olhos voltando ao normal. Jasper sorria enquanto colocava o colar da garota em seu pescoço.

Ela observou o rapaz enquanto ele entrava no espelho. Alguns lençóis que cobriam as pratarias escorregaram sozinhos por conta da forte vibração que Hunt causou ao entrar no portal para Dark Night, sem falar de alguns objetos de bronze que vibraram tanto que acabaram caindo no chão. Diana os juntou, devolvendo-os em seus devidos lugares e cobrindo-os novamente.

Só agora notava que o lustre de extrema semelhança com o que despencara do teto da sala no dia em que visitara Marlon pela primeira vez, não estava mais lá.

A jovem escutou um barulho – causado pela energia de Jasper – e se lembrou da conversa em que o guardião a avisara de sua força. Embora a energia de cada pessoa variasse, a do criador de insígnias era única.

Diana só esperava, assim como Jasper, que aquela energia toda passasse despercebida, porque talvez o colar da garota não fosse o suficiente para encobrir o rastro de Jasper. E Marlon o conhecia muito bem.

Depois de alguns minutos, Diana escutou um rangido vindo do espelho. Aproximou-se a passos lentos.

– Não achou? – a garota perguntou.

– Achei – disse ele.

– Então por que não o trouxe?

Jasper comprimiu seus lábios.

– Subestimei as artimanhas de Bailey.

– Espere. – Diana pausou. – Joe Bailey? – Arqueou as sobrancelhas.

Ele fez que sim com a cabeça.

– Marlon deve ter comentado sobre ele, não?

Diana caminhou lentamente pela grande sala.

– Roupas incomuns, fascinação pela alquimia, principalmente pela Insígnia do Tempo... – Tocou no objeto em seu pescoço. – Chinelo barulhento...

Jasper conteve o riso.

– Exato. – Fez uma pausa. – A propósito, encontrei o bendito chinelo e o coloquei no pé. É realmente barulhento, um terror. – Torceu o nariz.

A jovem escritora riu.

– Só você mesmo.

– Agora é sua vez – disse Jasper.

– De entrar no espelho? Se você não conseguiu, por que acha que eu terei êxito? – Franziu a testa.

– Porque só alguém com um poder grande dentro de si poderia carregar o livro para longe dali. Alguém com o poder da Fênix. E você nem precisa mais da chave para entrar no espelho.

– Verdade? – Olhou para Jasper.

O alquimista confirmou com a cabeça.

– Você é uma das escolhidas, já que eu não estou com ela. – Jasper se referira à Insígnia do Tempo. Diana notou isso no exato momento em que suas palavras foram enfraquecendo.

Ela parou para refletir um pouco.

– E como é o livro?

Hunt se aproximou dela. Tirou o colar de seu pescoço para colocá-lo em Diana.

– Isso pode ajudá-la a se equilibrar lá dentro. – Fez uma pausa. – É um livro de couro escrito por Bailey com detalhes bem desgastados em dourado. A maioria dos livros encontrados na casa dele é assim, então não vá por isso.

– Sem título?

– Bailey não acreditava em títulos.

Diana bufou.

– Ótimo – a jovem disse em tom de ironia. – Para que facilitar, não é?

— Se isso ajudar... – Jasper andou em direção à janela para espiar Thunderhead. – Ao tocar no livro, você sentirá uma energia, um poder muito forte. Não o abra lá, é perigoso.

A garota estranhou a parte de não ter autorização para abri-lo em Dark Night.

— Tem algum problema?

— O vilarejo não é mais o que era há mais de um século. Agora uma força obscura tomou posse de cada árvore, de cada casa e... – tomou fôlego – de cada pedacinho de terra de lá. – Fez um gesto com a cabeça para apontar em direção ao majestoso Espelho das Almas.

— Há algo perigoso no livro... algo que Helen nunca poderá saber, não é, Jasper?

Ele se sentou em uma das poltronas cobertas por lençol.

— Coisas que nem eu deveria saber. – Fitou o chão com um olhar preocupado. – Só os guardiões do espelho.

— Entendo – Diana balbuciou, mas logo elevou um pouco a voz. – Como é a casa de Bailey?

— A mais antiga e rústica possível, mas só do lado de fora. É uma casa verde-clara térrea, não muito grande. Na varanda, tem duas cadeiras de balanço: uma com uma manta feita de retalhos de tecidos, e outra com, bom... – Suspirou antes de prosseguir. – Um chapéu bem velho feito de couro. Tudo certo?

Ela confirmou com a cabeça.

— É o suficiente. – Virou-se para o Espelho das Almas.

— Boa sorte.

Ela riu.

— Eu irei precisar? – Encarou-o de perfil.

— Eu espero que não – Jasper disse com uma voz serena.

— Ok...

O homem se apressou:

– Diana – chamou-a, levantando da poltrona, deixando o lençol amarrotado. – O ambiente é muito volátil, você poderá notar algumas mudanças enquanto caminha. Mantenha-se longe delas... e tenha muito cuidado.

Ela ficou séria ao pensar em Marlon.

– Ele deve estar numa enrascada.

Quando imaginou que ficaria sem resposta, Jasper comentou algo:

– Provavelmente. – Ajeitou o lençol. – Marlon parece me subestimar, deixou até de colocar em volta da casa algo para me impedir de entrar. – Comprimiu os lábios. – Está muito bom para ser verdade. – Agora com o tom de voz puxado para a ironia, questionou-se ao andar de um lado para o outro. – O guardião do Espelho das Almas agindo assim, sem cautela ou qualquer profilaxia? – Jasper sorria enquanto desdenhava das atitudes suspeitas do rapaz.

Diana imediatamente pensou: *mas o que poderia te impedir?* O rapaz sorriu em seguida, ao ouvir sua mente.

Ela suspirou e cerrou os olhos antes de entrar no espelho. Conhecer o vilarejo onde os famosos alquimistas nasceram e viveram suas vidas – por sinal, nada normais – era um desejo seu, e esse desejo estava prestes a ser realizado.

Embora tivesse sentido um pequeno desconforto ao passar pelo portal, seguiu em frente. Abriu os olhos e inspirou profundamente. Ela ficou pensativa ao ver o antigo vilarejo.

O céu estava nublado e repleto de nuvens carregadas. A terra estava molhada, pois tinha chovido por lá. Uma e outra casa de madeira – todas muito simples – podiam ser avistadas. Muitas delas estavam quase destelhadas.

Um pouco mais à frente, Diana pôde ver uma plantação de trigo abandonada. Aqueles ramos esturricados deixavam a paisagem ainda mais triste. Sem animais. Sem ruídos. Sem vida. Dark Night Valley já devia ter tido épocas melhores.

Diana imaginou como teria sido a vida de todos os moradores daquele vilarejo se Brian e Jasper não fossem alquimistas tão talentosos. Certamente, as famílias que residiam ali teriam sobrevivido por mais gerações.

Sem saber qual rumo tomar, seguiu à sua direita. Ela pressentira algo. Algo difícil de explicar.

Uma ventania atingiu o vilarejo. À sua esquerda, dava para ver vários túmulos e cruzes, algumas feitas de madeira e outras de ferro forjado.

Solidão era o sentimento que corria pelas veias da jovem. Sentindo as energias daquele local, já que a Fênix a deixara mais suscetível a captar vibrações, teve a certeza de estar indo para o local pretendido: a casa de Bailey.

Ela correu. Sentiu a pancada do vento em sua face; mais parecia um chicote que a acertara em cheio. Correu até suas pernas ficarem exaustas. Estava sem fôlego.

Agachou-se. Inspirou e expirou diversas vezes antes de recobrar a respiração. Tocou a terra úmida com uma das mãos e apalpou o solo. Lembrou-se de um dos pesadelos que tivera com a Fênix. Pegou um pouco de terra na palma da mão e a cerrou com força.

Comprimiu os lábios, levantou-se e deu alguns passos antes de abrir a palma da mão para deixar a terra escapar pelos dedos. Andou cerca de trezentos metros até chegar à antiga residência de Joe Bailey.

Avistou a casa verde-clara com a varanda. Como Jasper havia dito, era pequena e modesta. Tinha duas cadeiras de balanço lá fora, as quais continham os objetos que Jasper havia descrito.

Diana se aproximou e tocou no chapéu velho de couro de Bailey. Ela sorriu.

A porta estava entreaberta. A garota a abriu mais ainda, escutando um rangido alto ao movê-la. Algumas tábuas do chão rangeram quando Diana as pisou.

Ela viu duas fotos jogadas no piso de madeira. Uma parecia ser um retrato de um jovem e sorridente Joe Bailey e a outra, de sua família. O homem tinha quatro filhos.

Ela as recolheu, colocando-as sobre uma cômoda de madeira bem clara, que destoava das cores escuras presentes nos demais móveis.

Não havia energia elétrica – e isso ficou óbvio para a garota ao olhar a modesta e antiga decoração dos cômodos da casa. Com quase nenhuma iluminação presente, viu-se obrigada a acender algumas velas dispostas em duas das três mesinhas da sala. O fósforo já estava ao lado delas.

Ao notar dezenas de livros empilhados de forma desorganizada, revestidos com capa de couro marrom na única mesinha protegida do fogo, Diana suspirou.

– Tudo isso? – balbuciou. – Ok, vejamos...

Com o péssimo hábito de falar consigo mesma, esperava achar logo o livro que Jasper tanto queria.

Ela segurou um por um. O homem poderia tê-lo deixado em destaque, o que pouparia minutos preciosos da garota, mas talvez fosse um teste: Diana poderia ou não sentir a energia do livro em questão. Embora tivesse detestado a missão de procurar entre todos aqueles livros, compreendia o motivo.

Os detalhes das capas estavam mesmo desgastados pela ação do tempo. Alguns detalhes em dourado formavam desenhos, já outros, símbolos que fizeram Diana quebrar a cabeça para tentar decifrá-los.

Faltando apenas cinco ou seis livros para conferir, sentiu algo forte em um deles. Ela apertou sua capa e cerrou seus olhos. Sem que percebesse, suas íris voltaram a ficar alaranjadas por alguns instantes.

Um choque moderado foi emanado do livro e percorreu suas mãos indo até a espinha. A garota o largou, encarando-o ao mesmo tempo em que franzia a testa. Sentiu também calafrios.

Diana observou o tempo pela pequena janela com vidros quebrados. Uma tempestade se formava lá fora.

Pegou o objeto e o apertou contra o seu peito. Ela começou a correr. Os cabelos se esvoaçavam enquanto se apressava para chegar ao portal. Poderia ser apenas uma impressão equivocada, mas notou o solo ficar mais enlameado à medida que se aproximava do Espelho das Almas.

– Sentiu? – Jasper perguntou.

Ela confirmou com a cabeça, e o homem sorriu.

– Podemos ir? – Diana encarou o rapaz.

O criador de insígnias tocou em seu ombro com a palma da mão.

– Notou alguma mudança por lá?

– Sim. Percebi que o chão ficou mais pantanoso perto do espelho. Isso faz sentido?

– Faz – Jasper rapidamente respondeu.

– Bom ou ruim?

– Péssimo. – A voz do rapaz saiu embargada.

Diana arqueou as sobrancelhas.

– E o Thunderhead, mais calmo?

Jasper fez que sim com a cabeça.

– Quando você estava no espelho, ele até tentou tirar uma pestana.

– Tadinho. – Balançou a cabeça.

– Mas o bom é que ele foi treinado para suportar as energias do poder da Fênix.

Os dois desceram os degraus da escada. Ao chegar à sala de estar, Diana olhou para cima. O lustre de cristal que costumava ficar na sala do espelho estava ali; Marlon devia tê-lo instalado para não ficar com aquele buraco preto e enorme, sem lustre.

Recordou-se do dia em que ele despencara do teto. Aquele susto revelara as más intenções dos mortos renascidos e, óbvio, de Helen também.

Ao saírem da casa de Marlon, enquanto andavam até Thunderhead, a jovem arriscou um palpite:

– E se ele tiver sido... – Fez uma pausa – capturado pela Helen?

Jasper pensou um pouco antes de dar seu parecer.

– É o esperado.

– Poderemos ajudá-lo?

Ele suspirou.

– Nós iremos, mas não antes de você controlar o poder da Fênix.

Ela bufou, embora soubesse muito bem que a maldição deveria ser dominada primeiro.

– Helen tentou durante todo aquele tempo e não obteve êxito – Diana concluiu.

– Helen não teve nenhum apoio ou ajuda. – Fitou o olhar triste da garota. – Mas você terá.

Diana comprimiu os lábios e olhou para o chão.

Um guardião do espelho dedicava seu tempo e vida para o bem das pessoas. Sua missão era diária, pois os mortos renascidos não avisavam quando iriam aparecer.

– Marlon é importante. Sem ele, quem será o guardião principal?

Jasper jogou a cabeça para trás em sinal de protesto. Ele tinha um palpite de quem seria o próximo, ou melhor, a próxima. Pois Diana seria a primeira guardiã na história dos guardiões a ser imortal.

– Ah, que seja – reclamou. – Você terá apenas de encarar este entardecer que será em... – olhou para seu relógio de bolso – pouco menos de duas horas.

Ela arregalou os olhos castanhos. Agora faltava muito pouco. O pesadelo de Diana e os temores de James e Thomas se concretizariam em questão de horas.

– Isso é ruim. Eu... virarei cinzas? – Preocupou-se, esboçando uma fisionomia de pavor.

– Ainda não. A Insígnia do Tempo vai evitar que você passe por uma dor insuportável, mas seu corpo inteiro irá sentir, pois parte dele queimará por dentro, mas vai se regenerar logo em seguida.

A garota entristeceu-se. E não havia mais nada que pudesse ser feito. Helen conseguira o que tanto desejara.

CAPÍTULO III
Névoa branca

Agora cavalgando, Thunderhead parecia mais calmo.

Diana estava surpresa com a velocidade alcançada por aquele cavalo. Com um braço apertando o livro contra o peito e o outro abraçando Jasper pela cintura, rezava para não despencar do animal que cavalgava o mais rápido que conseguia.

As ruas estavam desertas, mas ela tinha uma preocupação girando em sua mente.

– Já pensou se alguém aparecer? – A garota sorriu.

Jasper virou a cabeça na direção dela para lançar-lhe um olhar profundo enquanto mantinha sua posição bem ereta:

– Direi que amamos cavalos e... – parou por um instante – que você é minha namorada, e que eu resolvi levá-la para um passeio um pouco antes do entardecer... Não acha romântico? – Jasper disse de uma forma bem natural.

Diana balançou a cabeça.

– Thunderhead chama a atenção.

– Fato – Jasper concluiu.

– E quando Thomas e o irmão ficarem sabendo?
– Dos males, o menor. Você está comigo, não com a Helen.
Ela suspirou.
– E se eles te acharem mais ameaçador que ela?
– Não os culparei. – Deu um sorriso maroto.
– Eu não estou brincando, Jasper – alertou Diana.
O rapaz disse rapidamente:
– Nem eu.
Não adiantava discutir com o criador de insígnias. Sua tentativa foi em vão.
– Está bem...
Depois de algum tempo galopando, Jasper decidiu reduzir a velocidade e seguir um pouco com o cavalo a passo. Precisavam de um breve descanso.
Diana torceu para ninguém aparecer, mas percebeu que o seu desejo foi em vão quando um casal que caminhava na direção contrária resolveu parar.
– E lá vem gente – notificou.
– Que lindo esse cavalo! Qual o nome dele? – A mulher ofegou e desacelerou seus passos até parar totalmente.
Ela era muito bonita – cabelos cacheados presos por um elástico rosa-claro – e suas roupas, bem esportivas: uma calça larga da mesma cor e uma regata branca justa ao corpo.
O rapaz estava também vestido com trajes esportivos: jaqueta azul-escura e calça branca. Os dois estavam em forma, mas pareciam cansados.
Jasper respondeu:
– É Thunderhead. E ele adora elogios.
No mesmo momento em que as palavras de seu dono foram ditas, o cavalo relinchou, abaixando a cabeça na direção da mulher.
– Posso fazer carinho? – ela perguntou.

– Claro! – Jasper animou-se.

Diana sorriu ao ver o entusiasmo da mulher. O rapaz permanecia quieto, porém contente.

Após acariciá-lo, a moça fez um comentário:

– Você e sua namorada devem adorá-lo, ele é super educado!

– Obrigado. – Sorriu Hunt.

Diana franziu a testa. Pensou em corrigi-la, mas deixou passar.

– É, e vocês formam um lindo casal – disse o homem ao acenar com as mãos para Jasper e Diana. – Até!

Diana assentiu com a cabeça. Hunt preferiu acenar para o rapaz, antes de o casal voltar a correr.

– Viu? Nem precisei falar. – Jasper lutou para conter o riso.

Diana o ignorou.

– E qual o próximo passo depois de... – engoliu em seco – eu sobreviver a este entardecer?

– Fazer uma visita a Thomas e ao chato do irmão dele. – As últimas palavras de Jasper foram ditas em um tom áspero.

– Chato é apelido – balbuciou a garota.

Voltaram a cavalgar. Depois de uns quarenta minutos, Thunderhead relinchou, entrando na mata de forma brusca.

– Falta pouco – Jasper avisou.

Diana reparou em sua expressão vazia.

– Algum problema?

– Este livro. – Olhou de perfil em direção ao objeto. – É perigoso. – Sua voz vacilou, mostrando uma brecha de tristeza nas palavras.

O conteúdo do livro que Diana agora segurava certamente revelaria algo forte. Bom ou ruim.

Thunderhead parou em frente a uma casa de três andares com uma imensa varanda. Seu exterior poderia ser descrito como ousado, porém rústico.

Duas poltronas grandes feitas de galhos cuidadosamente retorcidos, com estofamento de veludo branco, davam um toque de simplicidade à varanda. Havia um canto só para Thunderhead: uma manta cobria as tábuas no chão, que tinha mais ou menos quatro metros quadrados. O comedouro ficava bem próximo dali e fora todo entalhado à mão. Diana imaginou se Hunt havia feito aquele trabalho, ou outra pessoa.

– Um amigo. – Ele sorriu ao esclarecer.

Ela balançou a cabeça ao sorrir também, seguindo o gesto que recebeu para entrar na casa.

– Entre. Sinta-se à vontade.

Diana não esperava se deparar com uma sala moderna, porque o homem já tinha vivido mais de um século e meio, e talvez estivesse preso ao passado e às suas antiguidades. Mas Jasper atualizara a decoração.

– Estranho.

– Achou que eu tinha de ficar preso à moda do passado só por ter mais de cento e cinquenta anos de idade? – disse em um tom sério.

A garota tentou se explicar:

– Desculpe, eu...

Ele soltou uma gargalhada.

– É brincadeira. – Balançou a cabeça. – Fazia muito tempo que não me divertia tanto. Eu já volto. – Dirigiu-se à porta da entrada, que ainda permanecia aberta.

A casa era bem iluminada. Os lustres quadrados eram feitos com faixas intercaladas, uma de cristal e outra de metal. Em cada ponta, havia um pingente de bronze em formato de gota.

Os sofás eram de couro branco, assim como boa parte da mobília da casa. O chão era de madeira clara, e as paredes exibiam alguns quadros de artistas plásticos famosos.

Na mesa de centro – a qual se resumia a um tampo de vidro temperado com um pedaço grande de tronco retorcido servindo como base – havia um vaso de coloração azul-marinho e amarelo-mostarda, cores que se mesclavam formando alguns desenhos abstratos.

Diana passava a mão em um dos sofás de couro branco quando Hunt chegou.

– O que fará com estas flores? – disse a garota.

O homem segurava um buquê silvestre em uma de suas mãos. De diversas colorações e espécies, exalava um aroma suave, mas marcante. Diana julgava a perfeição da natureza como sendo única.

Ele sorriu, mas seu sorriso transmitia um ar nostálgico por alguma razão até então desconhecida pela garota.

– Eu as colocarei naquele vaso. – Hunt se aproximou da mesa de centro.

– Ganhou de alguém? – perguntou enquanto analisava a reação do rapaz.

Para sua surpresa, ele não esboçou nenhuma expressão.

– Mais ou menos...

Ela cruzou seus braços.

– Isso não ajudou muito. – Deu um sorriso tímido ao olhar para as flores enquanto Hunt as colocava dentro do vaso, que já estava com água.

– Era de Brian. Seu preferido. – Fez uma pausa ao olhar para Diana. – Ele tinha uma mania estranha de fazer experimentos utilizando vasos de flores. Sua mãe vivia discutindo com ele. – Balançou a cabeça enquanto sorria.

Diana sentiu indícios de tristeza invadirem seu coração. Brian era o único amigo de Jasper, e ele estava morto.

– Costume engraçado – comentou.

– Certa vez, ele deixou no vaso algumas substâncias bem perigosas, mas a mãe dele não percebeu e colocou flores por cima. Elas morreram em uma hora, no máximo.

– Ela deve ter ficado uma fera.

Jasper fez que sim com a cabeça e complementou:

– Ainda mais porque eram as flores que ela tinha ganhado ao vencer o concurso anual de bolos e tortas. Primeira vez. – Olhou para a garota.

Diana apenas riu, cobrindo parcialmente a boca com a palma da mão.

Finalmente, a jovem largou o livro sobre a mesa de centro, ao lado do vaso.

Ao ser encarado pela garota com uma certa frieza no olhar, Jasper se adiantou:

– Chá, água, suco?

– Água, por favor.

Hunt se dirigiu à cozinha e Diana o espiou.

Ela conseguia ver parte do cômodo. Moderno, dava uma sensação de limpeza, pois era todo branco. As cadeiras eram feitas de acrílico em sua base e estofadas com couro branco.

A garota olhou para o teto: dez luminárias instaladas em um ambiente não muito grande, com luzes de colorações que se intercalavam: uma esbranquiçada, a outra amarelada e assim por diante.

A mesa retangular era de mármore. Sobre ela, havia apenas uma cesta de palha com maçãs verdes dentro.

Hunt voltou com um copo de água na mão.

– Obrigada – Diana disse quando ele lhe entregou o copo. – Por acaso eu... poderia ler o livro?

– Claro, só tem um porém. – Pigarreou. – Ele está em uma linguagem mais... oculta.
Diana ficou confusa.
– Oculta? – Arqueou as sobrancelhas enquanto bebia alguns goles da água.
– Só alquimistas conseguiriam entendê-lo e, mesmo assim, precisariam de muita prática – disse sério.
Ela suspirou.
– Então nem vou tentar. – Sentou-se no sofá.
– É complicado até para mim – confessou o rapaz.
– Bailey fez tudo isso sozinho? – Ficou com sua postura mais ereta.
Jasper se sentou no sofá ao lado da garota.
– Ele teve uma ajuda aqui, outra ali... – Engoliu em seco. – Mas isso acabou causando sua morte.
O coração da garota ficou mais acelerado.
– Joe Bailey morreu por este livro? – disse espantada.
– Sim. Ele e muitos outros que tentaram se apropriar desse conhecimento.
Diana temeu que algo pudesse feri-los. Foi então que fez uma pergunta, temendo pela resposta:
– Podemos morrer se... o seguirmos? – Pousou seu copo sobre a mesa de centro.
– Sim. – Jasper estava mais calmo que o normal. – Mas não vamos segui-lo, muito pelo contrário. O livro traz uma ou outra solução para maldições e encantamentos *Nibulus*.
– Que tipos de encantamentos são esses?
– São ruins. Transformar um corpo em um morto renascido é um exemplo de encantamento *Nibulus*.
– Entendi.
Jasper pegou o livro nas mãos.
– Teremos tempo para lê-lo. A Fênix se revelará em instantes.

Diana sentiu calafrios. Embora soubesse que iria morrer mas renascer em seguida, tinha receio de ficar igual a Helen.

– Você não é a Helen. – Jasper abraçou-a, e Diana cerrou os olhos. Sentia uma força dentro dele difícil de ser descrita.

Os minutos foram se passando e a hora da maldição chegou.

Diana urrou de dor. Foi arremessada no chão pela força da maldição. Sentia algo quente, como a lava de um vulcão, percorrendo suas veias. O calor ia de seus pés até o cérebro de forma lenta e cruel.

– Vou buscar uma coberta térmica com gelo. – Correu para um dos quartos. – Você se sentirá melhor.

Enquanto isso, a jovem mal conseguia abrir seus olhos. Eles estavam alaranjados como nunca estiveram.

Diana desmaiou de dor assim que Hunt apareceu com a coberta.

– Diana? – Tentou acordá-la enquanto a cobria delicadamente, abraçando-a contra seu peito.

A garota acordou, mas sentia ainda mais dor.

– Meu braço! – exclamou enquanto chorava. Embora sua visão estivesse turva, ela conseguia ver os filetes de fogo percorrendo seu corpo. Grande parte de seu braço estava em carne viva. Sentia as queimaduras vindo de dentro para fora.

Hunt sentiu o coração da garota bater ainda mais forte e rápido. Com taquicardia, os sintomas pioravam a cada instante.

Diana mal sentia o gelo encostar em sua pele. Pelo menos, seus ferimentos se curavam em instantes, mas a dor era lancinante.

– Vai ficar tudo bem. Eu prometo. – Jasper a segurava com força enquanto a garota se debatia de dor.

Em prantos, Diana tentava se acalmar. A dor consumia sua alma e sua sanidade mental. Parecia que todos os seus ossos iriam se quebrar e todas as suas veias seriam dilaceradas.

A roupa da garota ganhou alguns buracos grandes devido às queimaduras na pele. Seus braços e pernas eram os locais mais afetados pela maldição.

– Dói... – Soluçou enquanto chorava. – Dói muito! – gritou.

Hunt apenas a abraçava. Seu rosto estava sem expressão.

– Infelizmente não poderei dar nenhum medicamento para amenizar seu sofrimento. – Suspirou. – Isso lhe causaria uma overdose em pouco tempo.

Jasper a ajudava como podia.

– Quando isso vai passar? – Diana perguntou ao rapaz. Já estava sem forças para continuar.

– Logo – afirmou. – Você verá.

Em menos de cinco minutos, o sofrimento da garota passou. Suas queimaduras se curaram quase que instantaneamente.

Ainda no chão, Diana sentiu tontura. Sua roupa estava encharcada de suor.

– Ne-nenhuma marca... – Ofegava. – Como isso é possível?

Jasper retirou a coberta e a levou até a lavanderia. O gelo que servira como regulador de temperatura para Diana havia derretido por completo, molhando todo o chão da sala de estar.

Ele retornou à sala.

– É a Fênix. – Dirigiu-se à garota, levantando-a do chão. Jasper a colocou no sofá. – Seu poder de regeneração é absurdamente rápido.

Ela balançou a cabeça.

– E você tem mesmo a certeza de que ela... – ressaltou a última palavra – não pôde virar cinzas por causa da Insígnia do Tempo?

O criador de insígnias sorriu.

– Tenho, sim. E também porque Helen ainda precisa das outras insígnias.

– E por que ela não pegou as outras? Afinal, elas estavam todas juntas.

Ele fez que não com a cabeça.

– Cada uma delas é protegida por um tipo de encantamento. Helen não dispunha de tanta magia para retirar todas de lá, mas, claro, duas insígnias são melhores que nada.

Diana começou a entender. Foi quando complementou:

– E ela usou toda a sua força para pegar as duas insígnias que podia.

– Exato. Como ela estava à procura de um objeto, a Insígnia da Fênix era a mais indicada, e quanto à Insígnia da Morte, bom...

Diana cortou sua fala:

– Morte, morte e mais morte. – Fez uma pausa. – Só não entendo por que ela não escolheu a Insígnia das Almas.

Jasper deu um sorriso maroto. Queria testar os conhecimentos da garota, então questionou sobre o poder que nela havia:

– E por que ela deveria pegá-la? – Sentou-se ao seu lado, fitando-a com um olhar devorador. Diana ficou meio sem jeito.

– Porque ela seria capaz de trazer os mortos renascidos. Se eu fosse ela, faria isso.

Jasper ficou surpreso.

– Marlon fez um bom trabalho. – Desanimou-se.

Diana não entendeu o motivo.

– É o que parece... – Demorou um instante para entender a expressão facial do rapaz. – Isso seria um problema?

Ele fez que sim com a cabeça.

– Essa informação é perigosa. E só é revelada quando... – Tomou coragem para prosseguir. – Quando o guardião está prestes a morrer. Ou há um ataque fora da nossa compreensão vindo por aí.

Diana não conseguia acreditar. Aquilo não podia ser verdade.

– Marlon irá morrer?

Hunt confirmou ao acenar positivamente com a cabeça.

– Seria um golpe de sorte se isso não acontecesse. E eu não acredito em sorte.

CAPÍTULO IV
As duas damas do jogo

Com o poder da Fênix sob controle e depois de um monitoramento feito por Jasper, que durou cerca de três horas, Diana poderia dormir. Ela estava exausta. E Jasper também precisava de um tempo para ler o livro de Joe Bailey.

Ela foi para o seu novo quarto.

O anfitrião parecia ter pensado em tudo: um espaço grande, com muitos livros dispostos em prateleiras fixadas na parede. Sobre a cama, almofadas de pelúcia e outras, de paetê, com diversas cores e formatos: estrelas, corações, cabeças de ursos, sapos e até uma em formato de papagaio. Diana tentou imaginar como ele conseguira comprar aquilo tudo.

A colcha era inteiramente branca e bordada, assim como os travesseiros. Pequenos quadros de pinturas abstratas com molduras pretas alegravam ainda mais o visual do cômodo. Luzes azuis, rosas e em tons de amarelo foram postas em um lustre redondo feito de resina transparente, que mais parecia uma constelação.

Móveis como escrivaninha, guarda-roupas e até o espelho de chão – cuidadosamente colocado perto da janela, refletindo a cama – eram decorados com pequenos cristais azuis e transparentes de vários formatos e tamanhos.

Um ambiente alegre e descontraído. Jasper parecia conhecê-la muito bem.

Antes de se jogar na cama, tomou um banho. Por sorte, ele havia providenciado algumas roupas para ela; muitas tinham seu estilo, o que deixava Diana contente.

Após vestir uma camisola azul-clara de algodão, que ia até a altura dos joelhos, adormeceu em poucos minutos depois de se deitar na cama. Seus pesadelos se tornaram ainda mais conturbados naquela noite.

Daquela vez, nada de insígnias, nem de gritos, cestas de palha ou grutas. Pela primeira vez, Diana sabia muito bem onde estava. Era noite. E Dark Night parecia ainda mais abandonada e obscura.

Sua respiração se desacelerava à medida que caminhava pelo solo de terra molhada. Diana vestia uma calça de veludo verde-oliva e uma regata marrom de algodão, com alguns bordados no peito. Ela estava descalça.

Algo a fez correr em direção a uma grande árvore de raízes e galhos retorcidos. E nela não havia uma só folha, pois estava morta.

Aproximou-se ainda mais até poder tocar seu tronco enrugado. Ele aparentava ter uns dez metros de altura. As mãos da garota estavam frias, tanto que estavam prestes a tremer, mas, ao tocar a maneira, sentiu um calor sendo emanado dela.

Ao recolher a mão, olhou-a de perto. Havia filetes de sangue nela. Diana tocou o líquido viscoso com a outra antes de despertar daquele pesadelo. Acordou. O dia finalmente havia amanhecido.

Ela desceu as escadas. Jasper estava com um prato em uma das mãos, contendo uma fatia de bolo de cenoura com cobertura de chocolate, e na outra uma xícara de café com chantilly.

– Tome. – Entregou a comida para Diana. – Você vai melhorar.

– Com a prática? – Arqueou as sobrancelhas ao se referir à maldição da Fênix.

Jasper sorriu e acenou com a cabeça. Diana tomou um gole do café e comeu um pedaço do bolo.

– O que achou? – questionou.

– Que você tem muito talento na cozinha. – Diana riu.

Depois de comer tudo, a garota pegou uma maçã verde da cesta de palha. Escovou os dentes no banheiro do lado de seu quarto e se trocou. Escolheu uma calça legging azul-escura, blusa e tênis pretos com cadarços azuis. Diana fez uma trança francesa em seu cabelo.

– Está melhor?

Ela fez que sim com a cabeça ao sorrir para o rapaz.

Hunt vestia uma calça jeans e uma camisa branca meio desabotoada na altura do peito. Calçava mocassins pretos de couro.

– Obrigada. Vamos para a casa de James e Thomas agora?

– Acertou na mosca.

Diana deu alguns passos em direção à porta antes de se virar e perguntar:

– O livro de Bailey o ajudou a achar um meio de pegar as insígnias?

Jasper deu de ombros.

– Em parte. Eu não poderei tocá-las, mas você? – Apontou para a garota. – Sim.

Diana torceu o nariz.

– Então essa Fênix é mesmo poderosa.

Ao abrir a porta, a jovem notou a falta de Thunderhead.

– Jasper. – Diana olhou para ele. – Seu cavalo.

O homem riu.

– Dei uma folga a ele.

– E vamos de que jeito?

Ligeiramente, Hunt tirou do bolso da calça jeans uma chave presa a um chaveiro que parecia mais uma insígnia.

– Lembra da história de "pilotar"? Pois é... – Sorriu. – Achei que você preferiria isso.

Diana o acompanhou no sorriso.

– É outra insígnia? – disse meio apavorada ao fitar as chaves.

Ele fez que não com a cabeça.

– É só um chaveiro. – Riu enquanto fechava a porta da entrada, mas Diana se deu conta de que o rapaz a deixou destrancada.

– Ninguém vai entrar na nossa ausência?

Ele balançava tranquilamente a chave e a passava de mão em mão.

– Nem eu acho a minha casa de vez em quando. – Balançou a cabeça enquanto olhava para a garota. – Que dirá outra pessoa.

– E se acharem?

O criador de insígnias respondeu prontamente:

– Terão uma grande surpresa.

Diana o repreendeu com o olhar.

– O que exatamente tem aí?

Os olhos da garota estavam com as íris novamente alaranjadas.

Hunt a observava e se segurou para não rir.

– Calma aí, Fênix. – Olhou para o chão enquanto andava. – Nada de mais. Só umas assombrações leves.

Ela suspirou, embora não conseguisse pensar em nenhuma assombração que fosse leve.

– Está bem.

O veículo de Hunt era uma Indian Roadmaster. Porém, Diana não era fã de motos.

— Clássica, não acha?

A garota deu de ombros, pois desconhecia o assunto. Subiu na moto depois de Hunt.

— Onde você aprendeu a dirigir? Devo me preocupar? — Sorriu.

— Aprendi sozinho, então... um pouco. — Deu um sorriso maroto enquanto arqueava as sobrancelhas negras.

E ao som de *Jungle, Lucky I Got What I Want*, eles seguiram o caminho até a casa dos dois irmãos.

I steal a living
Eu ainda estou vivendo
Tell me I'm wrong. Will I be forgiven?
Diga que estou errado. Eu serei perdoado?
If I wanna walk like you
Se eu quero caminhar como você
Swingin' it back when I want
balançá-lo de volta quando eu quiser

When I find myself next to the
Quando eu me encontro ao lado do
Don't you forget about me
Não se esqueça de mim
I won't tell nobody
eu não vou contar a ninguém
When I find myself next to the
Quando eu me encontro ao lado do
Don't you, I won't
Você não, eu não vou
Don't you forget about me
Não se esqueça de mim
I won't tell nobody
eu não vou contar a ninguém
Don't you forget about me
Não se esqueça de mim

Ele deu a partida e, como era esperado, agia feito um louco no trânsito.

Enquanto a garota suspirava de agonia por ser cúmplice de uma de suas loucuras, Hunt quase dormia enquanto pilotava. Após algumas infrações e uma possível multa pelo radar, ela avisou:

– É melhor você seguir as regras. Acho que pegamos uma multa. Aliás, você pegou – a garota ressaltou.

Hunt sorriu.

– Não se preocupe. Aliás, só quem deve se preocupar com isso é o dono desta moto.

Diana bufou antes de repreendê-lo:

– Não me diga que... você roubou...

Ele fez que não com a cabeça.

– Tecnicamente falando, eu furtei esta moto, mas irei devolvê-la ao seu dono com o tanque cheio e com um pouco de ouro pelo transtorno causado.

A garota se tranquilizou.

– Se é assim, ok.

Nos poucos minutos de viagem que lhes restavam antes de chegarem à casa de Thomas e James, Diana se questionou sobre os pensamentos de Dulce e dos dois rapazes. Também sentia saudades de Missy.

– Podemos trazê-la – Jasper disse. – Daí eu dirijo mais devagar, prometo. – Tirou uma das mãos do guidão e fez sinal de figa.

A garota confirmou com a cabeça. Notou que o olhar dele estava cada vez mais suave quando se dirigia a ela. Tudo estava indo muito bem. Bem até demais.

Ela torcia para que Jasper não tivesse captado aquele breve pensamento, mas não conseguira evitar. Eles estavam muito ligados um ao outro. E isso era ruim.

Diana sabia que manter uma boa distância do criador de insígnias era imprescindível, mas, dividindo a mesma moto e indo para o mesmo lugar, era impossível. Ela temia estar apaixonada por ele.

Nada poderia acontecer entre os dois. Ou haveria apenas sofrimento.

Estavam a uns quarenta metros de distância da casa quando percebeu as luzes todas apagadas.

Diana sentiu o olhar quente do rapaz quando ele desceu da moto. Ela saltou logo em seguida, mas primeiro suspirou e cruzou os dedos.

Embora a expressão de Hunt demonstrasse que queria dizer algo muito revelador, ele se manteve calado. Diana sentiu calafrios. *Seria algo importante?*, pensou a garota.

Seu pensamento certamente soou muito alto em sua cabeça. Estava evidente que Jasper havia escutado. Ela mordeu os lábios para descontar parte da tensão que percorria o seu corpo. Não podia vacilar. Era a coisa certa a fazer.

Ele dirigiu o olhar para a janela, mas apenas pôde ver a escuridão e o vulto de um felino lá dentro.

Os dois se olharam. O cenário estava prestes a desmoronar. Jasper estava sob total controle agora, deixando Diana em uma situação nada favorável.

– E... se tentássemos explicar? – Ela observou o olhar cético de Jasper.

– E eles nos ouviriam? – Arqueou as sobrancelhas.

Ela torceu o nariz.

– Nunca tentamos.

– Argumento válido, não negarei. – Jasper suspirou. – Mas não tentaremos isso hoje.

Ela deu de ombros, embora se importasse com os julgamentos de Thomas, Dulce e até de James.

Jasper se aproximou da porta. Diana estava a poucos passos de distância. Após ele a abrir com muita cautela e quase sem nenhum barulho, Missy se aproximou.

– Miau!

Diana entrou às pressas:

– Shhhhh! – sussurrou, pegando a gata no colo.

– Eu seguro. – Jasper pegou Missy de seus braços. – É sua vez.

A jovem andou alguns passos rumo às insígnias. Percebeu uma espécie de choque intenso correr pelo seu braço e ir até seus pés ao pegar a Insígnia das Almas. Depois, tocou na Insígnia da Vida e a retirou cuidadosamente de lá.

Jasper deu um sinal para a garota as colocar no pescoço. E Diana assim o fez.

Ao conferir rapidamente a casa dos dois irmãos, notou a falta dos vários potes de vidro repletos de sal. Ela compreendeu a mudança nas crenças de James e pensou que Thomas deveria estar mais aliviado com isso.

Cuidadosamente, seguiu para seu quarto a passos lentos e pegou o celular, o computador e a bolsa-carteiro verde-oliva, colocando os objetos dentro desta. Desceu as escadas.

– Só um minuto – disse ao criador de insígnias.

Era melhor deixar um recado. Embora não pudessem se falar, pelo menos tinha de deixar escrito um bilhete:

Pegamos as insígnias emprestadas, tomaremos conta delas. J. e D.

Pronto. Agora com a consciência um pouco mais limpa, ela podia seguir Jasper. Ele segurava Missy enquanto subia na motocicleta furtada.

– Peguei a caixa de transporte. Vamos colocá-la ali dentro. – Entregou a gata para Diana.

Missy estava segura e não havia justificativa que os mantivesse ali por mais tempo. Diana segurava a caixa no colo com uma mão e, com a outra, abraçava o rapaz. Agora pendurada no ombro, sua bolsa a incomodava.

Hunt deu a partida e ela agradeceu mentalmente por não ter encontrado James e Thomas.

Como prometido, Jasper pilotou com mais prudência. Afinal, eles estavam transportando um animal de estimação.

Ela perguntou enquanto ele pilotava:

– Não vai me contar mesmo sobre o que você está procurando no livro? – disse com um ar de desapontamento.

Ele deu de ombros.

– Não é importante.

Derrotada, Diana suspirou.

– Nunca irei saber, não é mesmo? – disse séria.

– Vai saber... assim que eu encontrar a resposta. Bailey era enigmático e seu livro não podia ser diferente. Mas o que preciso saber e o que farei... – pausou para ressaltar a última palavra – é para o bem da humanidade.

– Imagino. – Sorriu. – Brian já viu o livro de Bailey antes?

– Nós nem sabíamos quem ele era antes de... – seu tom de voz ficou melancólico – tudo aquilo acontecer. Helen só soube do livro porque conseguiu voltar a este mundo graças à Fênix.

– Mas ela não tinha se livrado da maldição quando Brian a beijou?

– A maldição voltou um tempo depois – explicou Jasper.

Ainda surpresa, ela o questionou sobre a vida de Brian:

– Se ele soubesse disso...

Jasper cortou sua fala:

– Foi melhor assim, acredite.

A jovem suspirou.

— Marlon me contou sobre a lenda das insígnias.

— E você quer saber se tudo aquilo é real?

— Sim.

Ele balançou a cabeça.

— A lenda tem mais furos que uma peneira, mas Marlon a contou de uma forma que preencheu a maioria deles, digamos.

— Espere aí. — Fez uma pausa. — Você escutou nossa conversa?

— Apenas uma parte. Eu escutei toda a conversa entre ele e o antigo guardião secundário do espelho. — Suspirou. — A mesma de sempre.

— Ok.

Enquanto o criador de insígnias desviava de alguns caminhões de carga, os pensamentos deixavam a garota ainda mais tensa.

James havia deixado de lado sua crendice nos potes de sal. Por sua vez, Thomas, aliviado por isso ter acabado, preocupava-se com o bem-estar de Diana, sem falar das insígnias, as quais foram furtadas.

Embora fosse para o bem da garota manter as restantes seguras consigo, Thomas e James tinham uma opinião diversa da dela:

— Como? — Exaltou-se.

— Eu não faço ideia. — Thomas balançou a cabeça. — E se nós ligássemos...

James arregalou os olhos castanhos.

— Nem pensar! Ele só nos trouxe problemas nos últimos anos, cara.

Thomas sabia dos fatos. E seu irmão não estava nem um pouco equivocado, então deu de ombros.

— Marlon saberia o que fazer.

Visivelmente furioso, James virou-se para o irmão:
– Alguma garantia? – debochou.
Thomas revirou os olhos negros.
– Deixa pra lá.
Aborrecido, dirigiu-se ao andar superior enquanto James fitava o lugar onde as insígnias ficavam. Aquelas redomas, agora vazias, traziam-lhe lembranças de como eles haviam conseguido cada um dos colares. Marlon também fizera seu papel de herói por ter tido êxito na busca das insígnias e James ficou ainda mais chateado ao pensar nisso.

Thomas abriu a porta do quarto e a fechou com força a ponto de James escutar o barulho. Impaciente, passou a mão pelos cabelos negros e curtos. Havia desistido de ligar para o guardião do espelho, e não podia sequer imaginar os apuros em que ele havia se metido.

– Onde es-estou? – Marlon perguntou para si enquanto forcejava para abrir os olhos castanhos.

Uma tempestade chegara. O rapaz ainda estava perdido numa floresta com densas árvores de raízes retorcidas e caules tão grandes que nem dava para ver onde terminavam. O guardião do espelho lutava por sua sobrevivência, rastejando-se pelo chão enlameado.

Nenhum sinal de Helen. Preocupou-se, pois sabia que isso era um mau presságio para a integridade de Diana.

CAPÍTULO V
Um mero jardim suspenso

De volta à casa de Jasper, Diana tomava um banho bem quente enquanto Missy bisbilhotava todo o perímetro. O rapaz cantarolava enquanto cozinhava tranquilamente um prato que a mãe de Brian havia lhe ensinado um dia, antes de seu aniversário.

Diana terminou seu banho e vestiu uma calça branca de linho estilo pantalona com uma regata azul-celeste de alças finas. Usava chinelos de dedo na cor branca.

Desceu as escadas ao mesmo tempo em que se interrogava a respeito do delicioso aroma que vinha da cozinha.

– É um frango, apenas. Mas com um molho especial. – Jasper virou-se para a garota. – Logo ficará pronto. – Esfregou as mãos uma na outra depois de largar uma espátula sobre a bancada.

Ele foi até a sala e se sentou no sofá enquanto Diana se ajeitava confortavelmente à sua frente, com as pernas cruzadas.

Jasper sabia que seu momento de ócio seria interrompido com o desenrolar da conversa que estava prestes a acontecer. Tentou manter a postura desleixada, porém o nervosismo falou mais alto, fazendo-o tremer suas pernas de um jeito frenético.

– Helen virá até nós. – A voz do rapaz estava embargada. Não temia por si mesmo, mas por Diana.

– E tem uma data certa para isso? – disse em tom de deboche, ignorando a preocupação de Jasper.

– Daqui a uns dias, talvez. É o que ela precisa para se tornar mais forte.

– Não entendo... – Franziu os lábios. – Marlon já sabe?

Ele fez que sim com a cabeça.

– Vamos atrás dele se isso piorar. – Fez uma pausa ao ler os pensamentos de Diana. – Sim, tem como piorar: com um exército de MRs, Helen com todas as insígnias, Marlon morto, James e Thomas também, quem sabe?

Ela deu de ombros.

Jasper se levantou para conferir o andamento do seu prato. Já estava tudo pronto.

Conversaram pouco durante o almoço. De vez em quando, ele esboçava um sorriso tímido para a garota.

Ao terminarem a refeição, ela resolveu dar uma caminhada pela floresta. Tirou seu celular da bolsa e o levou consigo. Seguiu por um caminho repleto de pequenas pedras, talvez até feito por Jasper, para não se perder por ali.

Novos ares, novos pensamentos. Diana fez uma força descomunal para manter boas lembranças dentro de sua mente. Tocou nas três insígnias e sentiu a rachadura na do Tempo. Jasper fizera aquilo para salvá-la de Helen.

Fechar seus olhos alaranjados foi o que a fez se sentir melhor. Sentou-se na beira do caminho e inspirou o ar puro das árvores. Expirou logo em seguida.

Agora, com as pernas cruzadas e os pés balançando, ela podia relaxar. Ter um tempo só para si era essencial. Colocou *All is Full of Love,* da Björk:

> *You'll be given love*
> A você será dado amor
> *You'll be taken care of*
> Você terá que cuidar dele
> *You'll be given love*
> A você será dado amor
> *You have to trust it*
> Você tem que confiar
>
> *Maybe not from the sources*
> Talvez não das fontes
> *You have poured yours*
> Onde você derramou o seu
> *Maybe not from the directions*
> Talvez não das direções
> *You are staring at*
> Que você está olhando

Mas seu momento *zen* durou pouco: ela sentiu uma presença estranha.

Virou-se. Nada de Jasper. Temendo o pior, pausou a música e correu até a casa do criador de insígnias. Ele estava sentado no sofá, lendo o livro de Bailey.

– O que houve? – questionou ao ver a fisionomia tensa da garota.

Diana estava pálida e seu coração palpitava rápido demais. E não era pela corrida.

– Alguém está lá fora. – Engoliu em seco. – Senti algo.

– Deve ser Helen... Vou investigar.

Jasper se levantou. Visivelmente desesperado, ele saiu pela porta aos tropeços.

Diana gritou:
– Não vai levar nenhuma arma? Uma faca?
Mas o rapaz não a escutou. Ou não queria escutá-la.
Ela se indagou se uma faca seria útil contra a ex-namorada de Brian. Certamente, a resposta era "não". Por fim, fechou a porta.
Após se acomodar no sofá, esperou pacientemente por Jasper. E nada mais. Preocupou-se após terem se passado vinte minutos de sua saída. Só depois de quase uma hora fora de casa, o homem voltou com uma fisionomia estranha e abriu a porta.
– Tudo bem? – Ela franziu a testa.
– Sim – Jasper respondeu.
– Não viu... ninguém? – perguntou baixinho.
Ele fez que não com a cabeça.
– Preciso terminar de ler.
Sem dizer mais nenhuma palavra, Jasper pegou o livro de Bailey, que estava em cima da mesa de centro, e se dirigiu ao quarto.
E o último som que Diana escutou foi o dos passos apressados do rapaz ao subir as escadas. Com tempo de sobra para pensar, imaginou o que teria no terceiro andar daquela casa. Estava com um nível de curiosidade fora do normal, então resolveu espiar.
Subiu as escadas com cautela. Não queria que Jasper a pegasse no flagra, pois bem sabia que não fora convidada a conhecer o último andar, então o jeito seria invadir mesmo.
Espiou o segundo piso. A porta do quarto do anfitrião estava fechada e, ao olhar pelo buraco da fechadura, ela viu o rapaz sentado, lendo atentamente o livro. No quarto havia móveis antigos em madeira escura, uma escrivaninha bem maior do que o comum e um lustre feito de material semelhante a ossos humanos e também de outros animais, que

pareciam ser mais longos e entrelaçados. Diana esperava que fossem falsos.

Parte da parede era coberta com papéis cujas anotações estavam ilegíveis por conta da distância, mas pareciam conter símbolos, fórmulas e cálculos complexos. A garota parou de espiar. Dirigiu-se ao terceiro andar.

Sombrio, mal iluminado e com uma janela sem cortinas, que ia até o chão, aquele ambiente lhe causava arrepios. Foi em direção à porta de madeira com detalhes em dourado e, devagar, girou a maçaneta.

O único cômodo do andar estava trancado, mas também pela fechadura, Diana conseguiu ver uma sala imensa, carente de luzes, porém repleta de mesas. Algumas tinham dezenas de rolos de pergaminhos, já outras, só livros antigos e empoeirados. E um detalhe que a deixou curiosa: cada uma possuía somente duas cadeiras.

Olhou para a mesa que continha uma série de pergaminhos e notou algo mais: sobre ela, um frasco de vidro contendo um líquido de coloração verde-limão chamou a atenção de Diana. Seria uma poção ou elixir preparado por Jasper para ajudá-la?

Sem motivos para continuar a bisbilhotar, seguiu para a sala.

Ao terminar de descer as escadas, pensou ter visto um vulto lá fora. Talvez fosse sua imaginação pregando-lhe peças, mas talvez devesse dar atenção àquilo. Jogou-se no sofá e Missy subiu em seu colo. Agora acariciando os pelos da gata, ela pôde parar para pensar nos objetivos de cada um dos envolvidos naquela situação.

A vida eterna já deixara de ser um atrativo para Jasper, e Diana tinha muitas interpretações para a resposta que o rapaz lhe dera havia um tempo, a de querer viver. Mas ele já estava vivendo. Talvez quisesse mais emoções, talvez mais riscos. Jasper sentia uma obrigação de ser normal. *Será mesmo?*, pensou.

E Helen? Presa a um casamento que tornou-se um fardo, havia se suicidado ao saber do amor de Brian por ela. Como alguém poderia ser feliz sabendo que trouxera infelicidades para outra pessoa, sem mencionar o desapego que fizera tal pessoa ter pela própria vida em um nível extremo, causando até sua morte?

Com ou sem Brian, sua vida fora intensa, mesmo antes de a Fênix a atingir. E, com uma extrema falta de sorte, a mulher sofrera nos braços de quem mais a amava. Mas e ela? Diana pensou se Helen compartilhava do mesmo amor que Brian sempre sentira por ela. Caso afirmativo, por que Helen agia daquela forma, magoando seu amor?

Vivo ou morto, Brian já representara – ao menos uma vez – algo importante em sua vida. Por que agir de maneira oposta à esperada pelo rapaz?

A causa principal era a loucura. Se bem que, para a jovem escritora, havia um traço de maldade impregnado no olhar da mulher, e não era causado pela Fênix.

Thomas e James tinham apenas uma meta, a de proteger as insígnias, mas falharam. A garota torceu para ter feito a coisa certa, pegando-as da casa dos dois irmãos e colocando-as em seu pescoço.

Com poderes suficientes para abrigar as três insígnias em segurança, Diana se sentia importante, porque tinha um propósito agora, deixando de se esconder de Helen e de qualquer um que desejasse o poder daqueles objetos.

Sem se dar conta, veio o entardecer. E isso representava mais dor para ela.

Jasper desceu as escadas. Sentou-se ao seu lado.

– Venha. – Hunt a abraçou.

Diana cerrou seus olhos, encostando a bochecha no peito de Jasper.

– Sem cinzas?

– Sem cinzas – repetiu ele.

– Certeza?

Ele suspirou.

– Segundo o livro de Bailey, só se você morrer terá toda a maldição da Fênix. Ou se Helen tiver todas as insígnias.

Diana franziu a testa.

– Você disse que a Insígnia do Tempo me protegeria.

– Eu cometi um engano. – Balançou a cabeça. – Sinto muito.

Diana se entristeceu, tirando a insígnia criada por Jasper de seu pescoço.

– Pegue. – Diana entregou-a em suas mãos.

Jasper apenas sorriu, colocando a insígnia de volta.

Demorou apenas dois minutos para Diana se contorcer de dor. A Fênix parecia estar ainda mais intensa.

Enquanto gritava, lágrimas escorriam dos olhos da garota. Agora alaranjadas, suas íris demonstravam apenas sofrimento e uma coloração ainda mais viva.

– Beba. – Jasper entregou um frasco em suas mãos. – Isso vai amenizar os efeitos da Fênix.

Diana notou que era o elixir que vira no terceiro andar sobre a mesa de madeira. Pegou-o em suas mãos agora trêmulas enquanto a pele literalmente se desmanchava.

Em uma fração de segundo, soltou o frasco e o fez cair, quebrando-o em pedacinhos. Diana fitou o líquido verde-limão se espalhar pelo chão.

– Desculpe, eu... – Soluçou. – Eu não...

– Tudo bem.

Desapontado, Jasper continuou a abraçá-la, mas não tão forte quanto antes. Se Diana estivesse bem, teria notado sua expressão de descontentamento.

Mesmo sem virar cinzas, a garota sentia uma dor excruciante. A pele sofria diversas queimaduras, mas estas desapareciam rapidamente. Após meia hora de tortura, Diana estava bem novamente.

A noite foi entediante: ela escreveu sua experiência com a maldição da Fênix no arquivo "Relatos sobre a chave" e o salvou antes de desligar o computador e guardá-lo sobre a escrivaninha.

Suspirou, levantou-se e se dirigiu às prateleiras com livros. Escolheu algo de maneira aleatória para ler. Para o seu azar, era um drama no qual os personagens principais morriam no desenrolar do enredo. Péssima escolha.

Largou o livro no chão, desceu rapidamente as escadas e foi até a cozinha. Abrindo a porta da geladeira bem devagar, pegou algumas fatias de mortadela e queijo, colocando-as entre duas fatias de pão.

Com muita pressa para dormir, engoliu tudo e subiu as escadas enquanto ainda mastigava. Escovou os dentes antes de ir em direção ao quarto.

Missy esperava sua dona enquanto se espreguiçava em cima da cama. Diana vestiu uma regata branca de seda e usou uma calça verde-escura de algodão como pijama.

A noite trouxe consigo rajadas de vento poderosas. Fazia muito frio lá fora.

Os pelos do braço da garota se eriçaram. Um clima ainda mais gélido estava por vir.

Deitou-se na cama. Infelizmente, a insônia bateu à sua porta, fazendo-a dormir depois de três horas.

Ela teve outro pesadelo e, desta vez, ele acontecia dentro de uma mansão sem móveis, nem lustres. Nada. Havia apenas um enorme tabuleiro de xadrez no chão de madeira, sobre o qual estavam James, Thomas, Dulce, Jasper e até o senhor Phillip. Todos vestiam traje social e bebiam uísque e martíni.

Thomas e James vestiam ternos pretos com camisas brancas e gravatas bem diferentes: Thomas preferira uma azul-escura e James, uma amarelo-ouro.

Senhor Phillip vestia um terno azul-marinho, camisa branca e um mocassim de couro marrom. Seus óculos grossos estavam rachados, mas ele não parecia se importar com isso.

Dulce estava com um vestido deslumbrante, feito de cetim pink e saltos agulha da mesma cor. Seus cabelos estavam presos em um coque e ela usava brincos de diamante em forma de estrela.

Diana estava fora do tabuleiro. Seus olhos corriam para identificar uma presença definida como uma luz de coloração laranja, que voava por todo canto daquela mansão mal iluminada.

O tabuleiro era feito de granito. Já os peões e as demais peças, de uma pedra semelhante à ônix, e seus tamanhos eram superiores à altura da garota.

Todos conversavam de maneira amigável, até a luz alaranjada se apagar. Logo em seguida, Helen apareceu por ali. Com um vestido tomara-que-caia, longo e justo, feito de seda vermelha, ela arrancava olhares até mesmo de Jasper. Estava com os cabelos ondulados e seu olhar não mais refletia a Fênix.

Diana reparou na roupa de Jasper: terno branco, camisa azul-clara e gravata branca. Seus mocassins brancos brilhavam de tão lustrados que estavam. Ele sorria para Helen e ela, por sua vez, retribuía com um sorriso ainda mais intenso.

Jasper estendeu sua mão para a mulher, conduzindo-a para o tabuleiro. Instantes depois, eles começaram a dançar valsa e, sem que os outros percebessem, Helen deu uma piscadela para Diana para provocá-la.

Thomas olhava admirado para os movimentos graciosos dos dois enquanto dançavam. James aplaudia ao mesmo tempo em que Dulce fitava o casal com seu olhar de admiração. Ninguém se importava com Diana. Provavelmente, eles nem notavam sua presença.

Dezenas de espelhos apareceram como mágica ao longo da mansão. E todos eles refletiam a dança de Jasper e Helen.

Diana sentiu calafrios. Ela bem sabia o que aconteceria quando a música acabasse. Diversas vezes, olhou ao seu redor à procura de Brian. Ela corria, mas só o que via eram os dois dançando e o sorriso malicioso no rosto daquela mulher.

Todos estavam contra Diana. Thomas, Dulce e os outros convidados representavam apenas fantoches guiados por Helen, os quais iriam ser destruídos ao final da apresentação do casal. Mesmo assim, estavam felizes como nunca estiveram.

Quando a música soou suas últimas notas, a garota sentiu uma pontada no peito, contudo ainda prestava total atenção aos dois.

Diana viu Helen tocar em Dulce. Ainda rindo, quando o dedo da mulher encostou na empregada, seu corpo desmoronou, virando cinzas. O mesmo aconteceu com James, Thomas e, por último, o senhor Phillip. Seus óculos rachados se despedaçaram ao tocar o chão.

Por fim, Helen deu um sorriso sarcástico para Diana e sua voz ecoou pela mansão em tom de deboche:

– Achou mesmo que podia ganhar?

Jasper agora segurava uma coroa feita de diamantes negros e ouro branco. Colocou-a sobre a cabeça de Helen, que fez um sinal para a garota se aproximar. Embora relutasse, as pernas da garota a obrigaram a andar em direção à mulher.

Diana vestia branco. Um vestido simples, mas com muitas rendas e babados, que ia até os joelhos. Ela estava descalça.

Helen, a dama negra, e Diana, a branca. Agora tudo estava claro.

Sem esboçar nenhuma expressão, o criador de insígnias deu alguns passos para a frente no tabuleiro e disse em um tom firme:

– Xeque-mate.

Helen balançou negativamente a cabeça, enquanto forçava uma expressão de tristeza.

Aquela cena causava náuseas em Diana. Virando-se de costas com a intenção de parar de olhar para Helen, a garota viu seu reflexo em um espelho. Sangrava sem parar, manchando boa parte do vestido de sangue. O tecido, antes branco como a neve, tornou-se vermelho-sangue.

Diana já não podia distinguir a feição de Jasper, se estava triste ou feliz, pois agora estava morta.

CAPÍTULO VI
O destino não perdoa

Amanheceu. Com uma noite mal dormida em sua bagagem, Diana desceu as escadas após vestir uma jaqueta preta por cima da regata branca de seda.

Viu Jasper lendo o livro de Bailey com uma expressão muito séria e perguntou:

– Bom dia. – Forçou um sorriso. – Algo de errado?

Aproximou-se do rapaz e se sentou ao seu lado. Ele permanecia imóvel.

– Três páginas foram arrancadas... – Pausou. – E, pelo conteúdo anterior a elas, era justamente o que eu estava procurando para a maldição ser retirada de você.

Jasper balançou a cabeça.

Diana se encheu de desânimo, mas achou que ainda podiam dar a volta por cima.

– E que conteúdo é esse?

Jasper explicou:

– Um símbolo alquímico, um triângulo simples. Ele representa o fogo. Aquelas páginas se referiam à maldição e o que nós precisamos saber sobre ela.

– Voltaremos ao espelho para procurar? – Diana perguntou.
Ele fez que não com a cabeça.
– Não adiantará. – Suspirou. – Helen as pegou antes de nós.
– E temos alguma chance de recuperá-las?
– Nem um por cento de chance – disse sóbrio.

E um tropeço como aquele fez com que Diana perdesse toda a esperança. Seus olhos perderam o brilho, contudo a jovem escritora não se deu por vencida:

– E Marlon?

Ele hesitou antes de responder:

– Ele é o único que poderia saber, depois de Helen e o próprio Joe Bailey. – Olhou para a garota. – Tudo bem? Você está pálida.

Embora quisesse dividir sua tensão com alguém, Diana preferiu desconversar, esclarecendo o máximo com o mínimo de palavras:

– Nada de importante. Só um pesadelo.

O café da manhã foi servido na cozinha por Hunt. No lugar da cesta de maçãs verdes, havia uma de mirtilos bem frescos. Diana se questionou o porquê da mudança ter ocorrido.

– Porque Thunderhead atacou as maçãs. – Jasper sorriu.

– Pare de ler a minha mente. Privacidade é bom e eu gosto – avisou.

Hunt deu de ombros.

– Como preferir.

A mesa estava posta: bolo de maçã, torta de mirtilo, pão com muitos acompanhamentos e geleias de todos os tipos, pão de queijo, sucos naturais e um café passado na hora. Diana aproveitou para ter uma boa refeição e se esquecer de grande parte dos problemas naquele momento.

– A comida estava ótima, parecida com a que Dulce fazia – comentou.

– Modéstia à parte... Eu sei. – Deu um sorriso maroto.

Sorrindo, Diana balançou a cabeça. Após terminarem a refeição, ela o ajudou na cozinha. Mesmo sem experiência – e isso se notava pelos pratos e xícaras que por pouco não foram parar no chão –, deu o melhor de si. Jasper ria do seu jeito.

– Se continuar assim, daqui a uns dias não teremos mais louça. – Riu.

– Desculpe. – Arregalou os olhos castanhos enquanto sorria meio sem jeito.

Brincadeiras à parte, Diana bem sabia que o foco tinha de ser a busca por aquelas três páginas de um jeito ou de outro. Provavelmente, o caminho mais fácil para chegar às informações contidas nelas era por meio de Marlon.

Porém, eles desconheciam as dificuldades que o rapaz estava passando.

– Pare, pare! – exclamou quase sem voz.

Com a visão turva e boa parte de suas roupas rasgadas e sujas de lama, Marlon engatinhava até a estrada quando escutou um veículo de grande porte se aproximando.

O guardião do espelho estava um trapo. Mal conseguia se mover, mas, mesmo com alguns cortes em seu rosto e braços, lutava para sair daquele lugar.

O caminhão parou. Marlon viu o veículo desacelerar para que ele pudesse embarcar. Estava a salvo. Aliviado e pensando em como ajudar Diana e os dois irmãos, esboçou um leve sorriso para agradecer ao motorista.

– Obrigado, você não imagina o que eu passei.

– Eu posso imaginar, meu docinho – disse uma voz feminina em tom de deboche.

Era Helen ao volante. Mais uma de suas trapaças. Marlon não sabia mais o que era ilusão e o que fazia parte da realidade. Escutou um som agudo vindo de dentro do caminhão.

– Meu celular! – disse em tom de raiva.

– Sim, é o Thomas – disse ela. – Direi a ele que você mandou lembranças. Até mais!

Mesmo sem conseguir enxergar muito bem, Marlon viu a mulher acenar para ele enquanto dava a partida no caminhão e seguia seu caminho.

Ele tinha de capturá-la. Tinha a necessidade de segui-la e, com o restante das suas forças, levantou-se e correu em direção ao veículo enquanto cambaleava. Mas ele caiu. Marlon foi derrotado.

Bem distante dali, uma discussão se formava na casa de Thomas e James:

– Vamos! – balbuciou Thomas.

James caçoou do irmão:

– Ele não vai atender. Tem coisa melhor para fazer.

Thomas o repreendeu com o olhar.

Cruzando os braços enquanto os observava, Dulce inspirou e expirou profundamente. Apoiou a palma da mão no ombro do rapaz:

– É a quinta vez que você liga. Por que não tenta mais tarde?

Thomas suspirou.

– Ele sempre está em casa a essa hora. Sempre.

– Marlon pode ter mudado – James disse em tom de ironia.

– Isso não vai ajudar, James – a empregada alertou.

Thomas deu de ombros.

– Não temos outra escolha a não ser...

James o interrompeu:

– Nem pensar. – Cruzou os braços enquanto balançava negativamente a cabeça. – Eu não ponho os meus pés lá.

James foi incisivo, mas Thomas estava decidido:

– Então você fica – disse com uma voz firme e forte.

Dulce esboçou um sorriso tímido, que foi imediatamente apagado ao se lembrar de Diana.

– Como será que ela está? – perguntou para si com um tom de preocupação na voz.

Ela fitou o chão. Queria vê-la e dizer que tudo ficaria bem.

– Ela está viva – James disse enquanto se deitava no sofá com as pernas cruzadas.

Imediatamente, a empregada se virou para o rapaz.

– Como sabe? – Animou-se.

– Simples. – Acomodou-se no sofá. – Porque vaso ruim não quebra.

Brava com mais aquela brincadeira de James, Dulce se dirigiu ao quarto da garota. Thomas a observou subir os degraus da escada com muita raiva.

– Deu por hoje – avisou ao irmão. – Você tem sido insensível com ela.

– Dulce deu ouvidos a ela, o que mais eu podia fazer? – Arregalou seus olhos castanhos e deu de ombros.

Thomas se sentou no outro sofá. Curvou-se para a frente e apoiou a cabeça nas palmas das mãos. Seus cabelos pretos e curtos ficaram meio desalinhados.

– Eu me refiro à Diana – balbuciou.

James soltou uma gargalhada forçada em sinal de ironia.

– Pera aí... – Exaltou-se, levantando-se bruscamente do sofá. – Você tá querendo me dizer que tudo isso é minha culpa?

Thomas balançou a cabeça.

– Não é isso, é...

James cortou sua fala:

– Mas pareceu.

Thomas suspirou ao ver o irmão saindo com uma expressão de dar medo. Ele escutou um tilintar vindo da chave do carro de James antes de ele bater a porta com tanta força que emitiu um estrondo ouvido até por Dulce no segundo andar.

– Credo – ela balbuciou.

Bem distante dali, Diana tentava arrumar algo para fazer.

– Calma, Thunderhead! – Passou a palma da mão no focinho do cavalo.

O animal se acalmou.

– Ufa – debochou Jasper.

Ela se virou para ele.

– Você não tem nada para fazer? – perguntou ao rapaz.

Mas Jasper preferia observá-la.

– Tenho, sim.

Diana arqueou as sobrancelhas.

– E...?

– Está bem. Vou andar por aí. – Ele suspirou.

Diana pôde voltar a se entender com Thunderhead. Ele tinha um temperamento difícil quando estava perto da garota. E fazer-lhe carinho poderia deixá-lo mais receptivo.

A jovem se alegrou com o canto das aves. Elas lhe traziam uma sensação de paz e conforto. Já o cavalo de Jasper parecia não apreciar nem um pouco. Thunderhead se agitava até com a melodia deles à sua volta. Agoniado, relinchou e correu em direção à floresta.

– Ei, espere! – Diana exclamou e foi atrás do animal.

Seus cabelos ruivos esvoaçaram com o vento e, diversas vezes, ricochetearam em seu rosto. Ela tentava alcançar Thunderhead, mas ele era um cavalo de corrida – condição péssima para a garota, que se cansou depois de apenas cinco minutos.

– Esp-pere! – Arquejou, escorando-se em uma árvore.

A floresta era densa, sem nenhuma trilha. Diana tentava recobrar o fôlego enquanto ouvia sussurros de duas vozes à sua direita. Aproximou-se de forma sorrateira.

– Eu tentei! – sussurrou uma voz masculina.

– Não o bastante – uma voz feminina a contrariou.

A mulher estava de costas. Tinha cabelos negros e ondulados. Usava um vestido branco até o chão e sobretudo preto.

O rapaz cruzou os braços. Diana pôde ver seu rosto. Era Jasper.

– Ela derrubou o frasco. Posso fazer outro, é uma questão de tempo – disse ele.

A mulher balançou a cabeça. Sua estatura era inferior à dele.

– Você sabe que aquele elixir demorou quase duas semanas para ficar pronto!

– Pois é.

Diana congelou. Seu coração bateu tão forte que podia ser ouvido de longe. Suas pernas estremeceram quando ela ouviu a conversa.

O que Jasper está fazendo?, ela pensava.

E o diálogo entre os dois ficava ainda mais tenso. E revelador.

– Se ela tivesse tomado aquilo – a mulher disse bem devagar –, teríamos tido menos problemas.

– Porque teríamos uma Diana quase morta. – Fez uma pausa. – Darei um jeito nisso.

– Eu sei que sim, pois ela confia em você. – Helen sorria enquanto fitava o chão e se virou.

Mesmo com seus olhos cheios de lágrimas, Diana conseguia ver o rosto da mulher: oval, testa grande, sobrancelhas não muito grossas, mas bem delineadas, boca com lábios carnudos e um nariz pequeno, mas não muito fino. Olhos azuis e amendoados. Enfim, era um rosto angelical, porém só sua face tinha esta característica, visto que suas intenções eram as piores.

Diana soltou uma lágrima. Ela tinha caído na armadilha do lobo. James e Thomas estavam certos todo aquele tempo a respeito do criador de insígnias e ela os ignorara.

Seu pesadelo com o jogo de xadrez deixou de ser apenas um mero pesadelo. Agora, ele fazia parte da sua realidade. Jasper se virara contra ela.

Como eu fui tão idiota?, Diana se questionava.

Saindo de lá às pressas, ela tropeçou na raiz de uma árvore centenária, mas se levantou logo em seguida.

Sem se importar com o seu fôlego, continuou a correr até chegar à casa. Cambaleou ao subir os degraus da escada e entrou em seu quarto para pegar a bolsa. Colocou nela seu computador e o celular, pegou a gata no colo e sussurrou:

– Vamos.

Missy tentou brincar com as insígnias no pescoço de Diana enquanto ela descia as escadas. Sem Thunderhead para ajudá-la, pegou a chave da moto que ainda estava lá e saiu da casa.

A garota já tinha visto o namorado de sua mãe andar de moto diversas vezes e, com o intuito de se aproximar dela, ele tentara ensiná-la a pilotar. As tentativas foram um fracasso, contudo, Diana não tinha outra opção a não ser encarar aquela moto.

Temendo por sua segurança – e de Missy também –, colocou a chave na ignição. Girou-a e escutou os roncos do motor. Um trecho da música que haviam escutado da outra vez soou quando a moto foi ligada:

When I find myself next to the
Quando eu me encontro ao lado do
Don't you, I won't
Você não, eu não vou
Don't you forget about me
Não se esqueça de mim
I won't tell nobody
Eu não vou contar a ninguém
Don't you forget about me
Não se esqueça de mim

Desligou o som. A gata foi colocada dentro da bolsa e não reclamou, apenas deixou sua dona assumir o controle.

O jeito era retornar à casa de James e Thomas. Os dois não ficariam nada felizes e, prevendo um possível ataque por parte de James, Diana foi consumida pelo desânimo.

Incertezas percorriam sua mente. Thomas a perdoaria? Talvez.

Suspirou e pegou a estrada. A idílica floresta fazia parte do passado. E a imagem que tinha de Jasper Hunt também. Pensando na insígnia que havia devolvido a ele, a jovem escritora soube que era uma questão de tempo até que conseguisse retomá-la, se os dois irmãos a ajudassem. Depois de todas as suas mancadas, ela cruzava os dedos para obter novamente o auxílio de Thomas e James.

Sem saber ao certo o caminho, era a vez de seguir os seus instintos. Precisava de respostas, porém, mais que isso, precisava do perdão dos dois. E, quem sabe, até de Dulce.

Depois de quase vinte minutos de percurso numa velocidade acima do limite previsto, Diana sentiu um dos radares a focalizar.

Pronto. Sua primeira multa e sem carteira de habilitação. Combinação muito perigosa, sem mencionar o fato de aquela moto ser furtada.

Bem distante dali, Jasper chegava à casa. Nem sinal de Thunderhead, muito menos da garota.

– Diana... Diana? – chamou por ela.

Nada. Apenas o silêncio habitava.

Jasper saiu, cerrou a porta e assobiou bem forte. Chamava por Thunderhead.

Diana acelerou ainda mais. Tinha de chegar logo à casa de Thomas.

Será que Jasper sabe o conteúdo daquelas três páginas do livro ou aquilo foi inventado?, pensava Diana.

Sem saber no que acreditar ou em quem confiar, a garota seguia pela estrada cheia de incertezas. Também lembrou da cena em que ela quase tomou o frasco com o líquido esverdeado de Hunt. Se tivesse feito isso, seria uma "Diana quase morta", segundo ele.

Balançou a cabeça. Nada daquilo deveria estar acontecendo. Talvez tudo fosse mais um de seus pesadelos. Tentada a dar um beliscão em si, a garota caiu em um poço de realidade. E cruzou os dedos para que nada mais piorasse.

O pesadelo com o tabuleiro de xadrez veio à sua mente. Ver Jasper e Helen embalados ao som daquela valsa foi quase tão ruim quanto ver os dois na floresta dialogando de forma amigável.

Depois de quase duas horas, Diana chegou ao seu destino, mesmo tendo pego uma ou outra estrada errada. Desceu da moto e correu em direção à porta. Ela se encontrava aberta.

Surpreso e boquiaberto, Thomas balbuciou seu nome.

– Diana?

James andou a passos apressados, colocando-se bem à frente da garota para impedi-la de entrar. Ignorando o ato rude – mas compreensível – do irmão, Thomas fez um gesto com a mão para que ela se ajeitasse no sofá.

– Quem está... – disse Dulce. Ela freou as palavras quando viu a silhueta de sua amiga à porta.

Diana esboçou um sorriso e sentou-se no sofá. Dos três, apenas um estava infeliz com aquela situação.

Bem irritado, James caminhava de um lado para outro, passando a palma das mãos no rosto em sinal de impaciência.

Thomas se sentou no sofá à sua frente.

– Sentimos sua falta.

– Fale por você – James disse antes de sair de casa e bater a porta com toda a sua força.

Diana colocou Missy no chão. A gata pulou da bolsa e soltou um miado bem agudo e longo.

– É só raiva... – Thomas deu de ombros. – Vai passar.

Dulce correu para abraçá-la. E sentir seu abraço caloroso era tudo o que a garota precisava naquele momento.

A empregada se sentou ao seu lado.

– O que houve? – Segurou as mãos de Diana. – Estávamos todos aflitos.

A garota suspirou ao fitar o chão com um olhar gélido. Visivelmente arrependida, ela tinha de contar tudo. Ou quase tudo.

CAPÍTULO VII
Uma pausa no caos

– Jasper me salvou. – Alternou seu olhar entre Thomas e Dulce. – Ele colocou a Insígnia do Tempo em meu pescoço. Fomos até a casa de Marlon com o objetivo de pegar um livro de autoria do Joe Bailey e voltamos para a casa de Jasper.

– Tá brincando! O livro existe mesmo? – Thomas curvou-se para a frente. Seus olhos negros não podiam ficar mais arregalados do que já estavam.

– Sim.

– E quanto às insígnias? – Ele olhou para o seu pescoço. – Por que estão com você?

Diana deu de ombros.

– Talvez por segurança. A Fênix se encarregaria de contê-las.

Dulce balançou a cabeça.

– Inacreditável. Ele está lá fora?

Diana sabia que ela se referia a Jasper. Fez que não com a cabeça.

– E daí? – Thomas fez um sinal para a garota prosseguir com o relato.

Ela continuou depois de tomar um pouco mais de coragem.

– Três páginas foram arrancadas do livro. Jasper me disse bem pouco sobre elas, mas, pelo que sei, explicavam como retirar a Fênix de um corpo.

Thomas se entristeceu.

– Marlon deve saber sobre isso, mas ele escolheu não atender às nossas ligações. – Olhou para Dulce e retificou sua fala. – Minhas ligações.

– Ele está em perigo. – Diana engoliu em seco. – Encontramos no chão de sua casa um líquido que me pareceu ser sangue, mas não era. E eu não faço ideia de que tipo de elixir era aquele.

– Droga. Mais essa. – Thomas bufou.

– E como foi lá? – Dulce perguntou à jovem.

– Sombrio e triste. Há uma magia estranha e sem explicação dentro do espelho.

– Espelho? Entrou na casa do homem?

Mas, misturando os assuntos, Dulce se referira à casa de Jasper.

– A casa dele, você sabe... – Thomas enfatizou para esclarecer. Diana respondeu logo em seguida:

– Entrei. Nada de mais. – Engoliu em seco e agora encarava o olhar aflito de Thomas. Diana mentia quanto ao "nada de mais". E esperava não ser descoberta.

Thomas se apressou, levantando-se bruscamente do sofá.

– Temos de ir atrás do Marlon. Eu vou.

– Conte comigo – Diana disse.

Ele fez que não com a cabeça.

– Terá de ficar aqui. Sei que é uma péssima ideia, mas James poderá ficar também. E você precisa se concentrar na sua missão...

A única gota de ânimo dentro de Diana se esvaiu ao ouvir aquilo. Ficar sob o mesmo teto com James era desafiador, mas sabia que a missão tinha de ser iniciada logo, então o interrompeu:

– Tenho que ir atrás da Helen o quanto antes, eu sei – respondeu antes de dar um longo suspiro.

Ele balançou a cabeça negativamente.

– A prioridade é a Fênix por enquanto. – Pausou sua fala. – Falando nisso, como está indo?

– A dor é imensa. – Ao ver a expressão de piedade de Dulce, prosseguiu. – Mas eu aguento.

Diana sentiu calafrios. Pressentia a vinda de uma pergunta capciosa. Dulce perguntou:

– O que a fez voltar? – Soltou as mãos da garota.

Diana engoliu em seco. Dulce franziu a testa ao ver sua demora em responder.

– Eu... Bom... – Suspirou. – Vi Helen e Jasper. Ele tentou me dar um elixir que...

Sem forças para continuar, apelou para a bondade de Dulce em cortar aquela conversa, olhando-a profundamente naqueles olhos negros e acolhedores.

– Você está aqui, isso é o que importa agora. Vamos.

Thomas fez que sim com a cabeça. Em seguida, acenou para se despedir da jovem.

– Vou ver como o James está e... – Esfregou as mãos uma na outra enquanto sorria – deixá-lo a par das coisas.

– Faça isso – disse Dulce.

As duas se levantaram e subiram as escadas. Diana fez um sinal para a empregada continuar a segui-la.

Ao chegarem ao quarto de Diana, elas cerraram a porta.

– Dulce, eu...

– Eu sei. – Abraçou-a. – Não precisa dizer.

O pedido de desculpas estava implícito. Elas dispensaram o drama daquela vez.

– Jasper não é o que você pensou. – Dulce usou um tom de desânimo na voz.

Ela conseguia ver boas intenções em Diana, assim como seu coração puro, mas não em outra pessoa.

– Helen está do lado dele. – Engoliu em seco. – Eu tenho de agir agora!

– Vá com calma. – Apressou-se, dando uns tapinhas nas costas de Diana. – Tudo a seu tempo.

– Eu sei.

Calou-se, mesmo discordando da amiga.

– Como você descobriu? – Sentou-se na beirada da cama.

Diana também se sentou, mas desta vez cruzou as pernas.

– Eu os vi na floresta. Um dia antes, Jasper tentou me dar um elixir para beber. Segundo ele, aquilo me ajudaria a lidar com a Fênix, mas eu derrubei assim que ele me entregou. Pelo que entendi da conversa dos dois, o elixir não era para me ajudar. – Balançou a cabeça. – Eu não sabia de nada ainda, foi sorte.

Sem encarar Dulce nos olhos, Diana soltou uma lágrima.

– Ou a Fênix. Qual o efeito desse líquido?

Ela deu de ombros.

– Sei lá, acho que me deixaria impossibilitada de agir. – Suspirou, colocando as mãos na cabeça.

– Ei, relaxa. – Acariciou o ombro da garota. – Estamos aqui.

Dulce saiu do quarto. Por um triz, a empregada não esbarrou em James. Ele apareceu, escorando-se na porta.

– Eu só vim dizer uma coisa, vai me fazer bem.

Diana revirou os olhos, pois sabia que de sua boca não sairia nada de bom.

— Eu estava certo, e você? — Forçou uma gargalhada. — Totalmente errada.

— Ai, Deus... — balbuciou.

E o rapaz continuou a perturbá-la:

— Ele virou a casaca, não foi?

Uma voz masculina vinda do andar de baixo chamou sua atenção.

— James! — gritou Thomas.

O irmão então a deixou em paz, mas Diana merecia aquilo. Pouco tempo depois, escutou um barulho vindo da porta no andar de baixo. Olhou pela janela e viu a figura de um Thomas aborrecido saindo de casa às pressas, girando compulsivamente o chaveiro do carro em seu dedo indicador. Pelo jeito, ele iria atrás do guardião do espelho.

De nada adiantaria sua procura. Seria em vão, e as coisas iriam de mal a pior com a teimosia de uns e a irresponsabilidade de outros. Diana estava incluída nisso, então não poderia agir de forma diferente agora.

Agir por impulso era um de seus maiores defeitos, mas, antes que conseguisse sair pela janela do quarto, escutou os passos de James vindo em sua direção.

— Thomas saiu — alertou.

— Eu vi.

— Ótimo. — Esfregou as mãos uma na outra. — Sabe o motivo? Procurar por aquele ladrãozinho de insígnias! Faremos ele entregar a Insígnia do Tempo de uma forma ou de outra. — Cerrou os punhos, dando socos no ar como se fosse um lutador de boxe.

Entediada, Diana o olhava com total desinteresse. Só parou de encará-lo quando James saiu de seu quarto.

Escrever mais alguns parágrafos no arquivo "Relatos sobre a chave" poderia distrair sua mente inquieta, já que o plano de fuga não dera certo.

Meia hora depois, ela voltou a espiar pela janela. James estava lá embaixo, andando de um lado para o outro, portando armas de todos os tipos. De vez em quando, ele se apoiava na grande árvore enquanto cantarolava.

Enxugando panelas, lavando pratos e preparando receitas, Dulce trabalhava sem parar, e suas tarefas eram observadas por Missy. A empregada pegou uma colher de pau e experimentou o molho que havia preparado numa caçarola vermelha.

– Uhmmm... – Virou-se para a gata, agora sentada em cima da mesa em uma posição bem ereta. – O que acha?

Dulce aproximou a colher do focinho da bichana, que recuou, torcendo seu bigode. Então colocou mais creme de leite no molho, mexendo-o em seguida.

– E agora? – Voltou a aproximar do seu focinho a colher com a nova mistura. A gata deu uma lambida. – Agora tá bom, né? Sua danada! – A empregada sorriu para ela.

Em meio às suas receitas, Dulce se distraiu e não percebeu a agonia de James, que bufava do seu lado.

– Mais essa! – resmungou.

Ela levou um susto.

– Como?

– Estava lá fora todo tranquilo quando recebi esta mensagem. – Mostrou o celular para Dulce.

Ela leu o conteúdo.

– Isso não pode ser verdade. Diana vai se assustar quando souber. – Suspirou. – Você irá contar?

James se dirigiu para a porta da entrada. Ao fechá-la, chamou a garota aos berros:

– Diana, Diana! Venha aqui!

Ela desceu a escada às pressas. Algo de errado certamente tinha acontecido. A jovem sentiu calafrios quando teve de perguntar:

– Que foi?

Aproximando-se mais de Dulce que de James, Diana estava com seus olhos arregalados. Seu coração batia mais forte, pois pressentia a vinda de uma péssima notícia.

– Marlon sumiu. Thomas encontrou uma rachadura no Espelho das Almas, isso não deve ser nada bom.

– Ele sabe o significado disso? – Diana perguntou.

Ele deu de ombros.

– Pelo tom da mensagem – torceu a boca para o lado –, sim.

– Enquanto Marlon não for encontrado, tenho o dever de substituí-lo. – Diana deu alguns passos para a frente, dirigindo-se à porta da entrada.

James a impediu, erguendo o braço para obstruir sua passagem.

– Nada disso.

– São as regras – ela retrucou.

Dulce se intrometeu:

– Diana está certa... por mais que isso seja perigoso.

James suspirou.

– Quando meu irmão voltar, você poderá ir.

Diana se questionou sobre a condição imposta por James, mas, quando ia perguntar sobre isso ao rapaz, ele já havia dado as costas, saindo da casa a passos largos.

Ela achou ser uma boa hora para um banho depois de tanta agitação. Ficou debaixo do chuveiro por uns dez minutos e foi para o seu quarto. Para ficar mais confortável, vestiu shorts jeans meio rasgados na parte das coxas e uma regata básica na cor branca. Calçou tênis brancos. Seus cabelos estavam desalinhados e molhados. E de suas mechas escorriam pingos de água, que encharcaram as costas da garota. Algo agora insignificante para ela.

Horas e horas se passaram. Seus cabelos estavam secos, porém parcialmente ondulados, pois não haviam sido penteados. Diana estava prestes a sentir os efeitos da maldição novamente, mas pelo menos Dulce permaneceria ao seu lado para ajudá-la.

Sentada confortavelmente no sofá da sala, a garota aguardava pelos filetes de fogo que percorreriam boa parte do seu corpo.

– Tome. – A mulher lhe entregou um copo de água.

Mesmo contra sua vontade, a garota tomou alguns goles.

– Estranho. – Torceu o nariz. – Parece estar com um gosto...

– Que gosto? – perguntou Dulce.

Mas a garota deu de ombros.

– Sei lá, deve ser a maldição. Meus sentidos mudam. – Cerrou os olhos depois de entregar o copo à empregada.

Embora as íris de Diana estivessem com sua coloração normal, a garota sabia da agonia que sentiria em poucos instantes.

Enquanto se dirigia para a cozinha, Dulce foi atingida por algo misterioso e caiu no chão no mesmo instante. A jovem escritora escutou o barulho, porém não deu importância.

– Tentarei ser gentil – disse Helen à garota. – Prometo. – Deu um sorriso sarcástico ao mesmo tempo em que fazia um sinal de figa com uma das mãos atrás das costas.

Ela vestia uma calça legging preta, moletom felpudo cinza e calçava botas estilo coturno de couro vermelho. Seu cabelo estava preso em um coque.

O coração de Diana estava prestes a explodir. Sua raiva desconhecia limites.

– Pois eu não – a garota vociferou.

Helen arregalou seus olhos azuis.

– Nossa! Posso sentir daqui. – Riu.

Mas Diana ignorou a provocação. Chegara a sua hora de provar quem era. E quem ela teria de ser a partir de então.

– Eu vou matá-la. Algo que deveria ter sido feito há muito tempo.

A mulher balançou a cabeça.

– Nisso, eu tenho de concordar. – Helen fez uma pausa. – E sobre a água também.

Diana franziu a testa.

– O que disse?

Helen completou:

– Sobre a água ter um gosto estranho. Três gotas de um elixir especialmente preparado para você foram colocadas no copo entregue por Dulce.

A garota sentiu um frio na espinha. Rapidamente se lembrou da conversa que Helen e Jasper tiveram sobre o elixir cujo poder a deixaria entre a vida e a morte.

– Não... – Diana balbuciou.

– Sim – disse lentamente. – Pena que só deu para salvar três gotas.

Em questão de segundos, a jovem se recordou de ter derrubado o frasco, cujo conteúdo se espalhara pelo chão.

Àquela altura, Diana não se importava com o efeito que aquelas três gotas poderiam causar, mas tinha a certeza de que seria devastador.

– Por que criar um exército de mortos renascidos?

Ela fez que não com a cabeça, e Diana ficou sem compreender o gesto.

– Diversão. Adoro ver as coisas pegando fogo... – Fez uma pausa ainda mais dramática e balbuciou logo em seguida, olhando para sua direita. – Menos eu.

Tentando ganhar o máximo de tempo até James retornar à casa, Diana planejou uma série de perguntas.

– E quer as outras insígnias?

– E quem não as quer? – Helen parou por alguns instantes para acenar positivamente. – Você.

– Estava sem força, não é?

Helen suspirou profundamente enquanto caminhava a passos lentos pela sala.

– Sim, eu admito.

– E a Insígnia do Tempo ainda está com ele... – Diana completou.

Helen fez que sim com a cabeça.

– Por enquanto. E ela também está fraca. – Olhou nos olhos de Diana. – Eu sei o que você quer.

Diana levou um susto.

– E seria...?

– Ganhar tempo. Mas posso lhe assegurar que James não irá voltar para cá tão cedo, e Thomas... bom, também não. Você vai sofrer, Diana. É só o começo, e não há volta quando a maldição se inicia.

CAPÍTULO VIII
O seu olhar não mente

Helen não estava para brincadeiras. Ferir Diana era uma consequência do que estava por vir em seguida. Rapidamente, a mulher se aproximou da jovem, estendendo o braço na direção do seu pescoço.

– Não! – berrou.

– Eu preciso delas! – Helen vociferou.

Embora tivesse uma noção básica da situação da amada de Brian, como guardiã secundária do Espelho das Almas, era sua obrigação protegê-lo de ameaças, e Diana sabia das más intenções da mulher. Sentiu tontura.

– Você não vai levá-la. – Diana segurou forte a Insígnia das Almas, a ponto de ferir a palma da mão.

Ao perceber um ar ainda mais sombrio em Helen, questionou se conseguiria cumprir seu dever de proteger aquelas insígnias da mulher.

– Acha mesmo? – cantarolou Helen, enquanto revirava os olhos.

Sem chances. Diana tinha de ganhar aquela batalha ou colocaria o restante do mundo em perigo. Um exército de MRs poderia causar um estrago daqueles. E este era o único objetivo de Helen.

— Por que não escolhe apenas... viver?

Helen deu uma risada amarela, mas com muita tristeza no olhar:

— E você? — respondeu rapidamente.

Diana engoliu em seco. Zelar pelo espelho era o seu trabalho agora, o qual duraria até a sua morte. Cerrou os olhos e suspirou antes de responder:

— Eu não tenho escolha. — Balançou a cabeça. — Mas você tem.

Helen congelou por alguns instantes. Diana se perguntou o porquê daquela repentina mudança de humor: sarcástico para melancólico. Contudo, o sentimento foi cortado por uma gargalhada medonha.

— Eu gosto do caos. Ele me faz bem.

Diana interrompeu sua fala:

— Está enganada.

No mesmo instante, Helen agarrou o pescoço da garota, que cambaleou e caiu no chão, batendo fortemente a cabeça contra o piso.

— D-Dulce? — disse a jovem ainda deitada ao virar a cabeça em direção à cozinha e se deparar com a silhueta da mulher. Desfalecida, a empregada jazia no piso gélido.

Helen sentiu vontade de revelar a atual situação da amiga de Diana, mas preferiu manter o mistério:

— Ela pode ver e ouvir, ainda. — Deu um sorriso macabro.

Sem forças para tirar as mãos rudes da agressora de seu pescoço, a garota lutava para respirar. Um filme de sua vida passou pela mente de Diana enquanto sua visão ia escurecendo, até que uma voz masculina a tirou daquele estado.

— Tire suas mãos dela! — gritou Jasper.

O homem voltou a fazer uma pressão com suas mãos na Insígnia do Tempo, obrigando Helen novamente a recuar e sair pela porta aos tropeços.

Não mais sentindo a pressão no pescoço, Diana pôde respirar novamente.

Agora tossindo enquanto recobrava o fôlego, perguntou ao rapaz:

– Quantas vezes você me salvou? – Encarou os olhos de Jasper como nunca havia feito antes.

– E isso importa? – Arqueou as sobrancelhas enquanto tocava delicadamente seu queixo com o dedo indicador. – Eu te amo.

E foi quando ela percebeu que não precisava escutar mais nada, pois suas palavras exalavam mentiras.

– Mentira. Você não está do meu lado. – Olhou com um ar de nojo para Jasper.

– Você entendeu errado – disse sóbrio.

– Eu sei.

Por impulso, dilacerando seu coração, a garota o empurrou para trás com toda a força que reunira dentro de si, e, se esta força vinha da maldição impregnada em seu corpo, isso já não importava mais. Agora a cozinha seria o cenário de mais um conflito. Deitada e sem poder se mexer, Dulce olhava para os dois, atônita.

– É tudo um jogo para você, não me engane. Sua teia se rompeu e sua presa fugiu!

– Você era uma presa, bem no começo, mas se tornou algo mais. – Aproximou-se da garota. – Algo não previsto por mim.

– Eu sou a dama branca e sei quem dará o xeque-mate. Agora saia!

Enquanto isso, ainda imóvel, Dulce derramava uma série de lágrimas pelo chão, sem poder lhe contar a verdade.

Vendo um Jasper imóvel à sua frente, Diana correu para a porta da entrada. Era sua chance de se vingar. O frio deixou de atingi-la, pois, diante de tantos problemas, ela só era capaz de sentir dor. A Fênix veio, mas iria embora logo em seguida.

Enquanto andava, rajadas de fogo a consumiam de uma forma tímida, totalmente diferente das outras vezes. Vendo um objeto metálico de tamanho considerável na grama, pegou-o em suas mãos. Julgou ser uma tesoura e, embora sua visão estivesse meio turva, embrenhou-se pela mata à procura de sua rival.

– Apareça, Helen! Eu posso sentir sua energia!

Por algum motivo desconhecido, Diana a sentia por perto. Muito perto. Como captava a aura de Helen? Sem saber o motivo, agora ela conseguia.

Havia mais perguntas que respostas em sua mente. A jovem escritora se sentia rodeada por perigos, vazia de amigos e com medo. Repleta de inimigos e sem motivação, jogou-se em uma emboscada letal e sem volta.

Sentia o odor de Helen, mas era apenas pela Fênix. Por que Diana não o percebera antes? Suspirou. Tremia de raiva. Sua testa franzida mostrava um estado de espírito raro na garota, mas que faria parte dos seus dias de agora em diante.

Sem chances. Acreditar em Jasper depois de vê-lo aliando-se à Helen? Nunca. Sempre astuta, Diana cogitou a hipótese de deixá-lo se explicar, mas sua prima distante, Karen, sempre dizia que uma imagem valia mais que mil palavras.

A garota estava afastada de tudo. E de todos. Até mesmo de Dulce. E não fazia a mínima ideia do estado de sua amiga.

Sem saber se ela reagiria, Jasper carregou a empregada até o quarto de Diana e a colocou sobre a cama.

– Você ficará bem. Tome. – Tirou um frasco contendo um líquido viscoso azul-marinho com mesclas amareladas, e o aproximou da boca de Dulce.

A visão da mulher não era nítida como antes, porém isso não a impediu de ver o olhar aflito do criador de insígnias.

Após beber alguns goles daquele frasco, se sentiu um pouco melhor.

Jasper a viu mexer os dedos da mão bem devagar. E foi naquele momento que os olhos quietos de Dulce viram os últimos passos do criador de insígnias naquela casa. Sentindo calafrios, ela bem sabia que seria a última vez que Jasper entraria ali.

Se ele de fato iria ao encontro de Diana, ainda era um mistério. Suas intenções passaram de boas para obscuras e cruéis para a jovem escritora.

Ela corria o mais rápido possível para bem longe dali. Seus instintos a levaram para uma estrada deserta. Nenhum carro. Nada. Estava sozinha com seus pensamentos confusos. Ela continuou seguindo até achar alguns comércios, muitos dos quais eram ligados à vida noturna. Dentre estes, um bar muito conhecido: Evil's Lake.

Ainda do outro lado da rua, escondida na mata, Diana soltou a grande tesoura de sua mão. Contudo, largar o objeto pontiagudo não a impediria de criar o caos se ela realmente quisesse, pois havia nela uma arma ainda maior, mais poderosa e cruel: a Fênix.

Suspirou e seguiu em frente.

Sem dinheiro e sem documentos, teria de improvisar se quisesse mesmo entrar naquele famoso bar.

Luzes de diversas cores, música alta e uma multidão bem vestida e curtindo ao máximo podiam ser notadas lá dentro. Havia cinco seguranças fora do bar. Diana julgou ter pelo menos mais uns dez em seu interior. Entrar de penetra poderia funcionar em outro lugar, menos ali.

O que iria fazer sem documentos? Impossível. Diana estava longe de ser famosa ou minimamente conhecida na região. Torceu a boca, se apoiou numa árvore e ali ficou por alguns minutos. Minutos estes gastos para pensar em Helen, Jasper e pior: na Fênix.

A garota sentiu uma dor em seu pescoço, como se Helen ainda a estivesse sufocando. Olhou ao redor e girou o corpo diversas vezes para procurar a amada de Brian. Só parou quando teve a certeza de que ela não estava ali, mas sua presença ainda podia ser sentida.

Agora só havia maldade em seu coração, e Helen invadira novamente a casa dos dois irmãos para tentar causar ainda mais confusão e atritos. Ela queria as insígnias do pescoço de Diana.

Encostada numa árvore, Diana relembrou o momento em que Jasper entrara na casa, fingindo impedir Helen de cometer um assassinato. Ainda havia um resquício de dúvida sobre o rapaz estar mesmo tentando enganá-la, mas, depois de tudo que ela presenciara na floresta – Helen e Jasper tramando contra Diana –, seu coração tinha de aceitar a dura realidade de que o poder, para Jasper, estava acima de tudo. E de todos.

Diana observou alguns casais de namorados conversarem com um dos seguranças. Como previsto, para entrar no bar, era preciso apresentar os documentos e ter uma boa quantia em dinheiro. Enquanto esperavam ansiosamente para entrar, eles sorriam. Estavam felizes.

Ao ver aqueles sorrisos cheios de vida, Diana imaginou seu futuro: presa a um destino cruel. Ser a guardiã do espelho, mesmo que secundária, significaria deixar tudo. Ela teria de deixar seus amigos, família e sua profissão, provavelmente. Tudo.

Proteger o Espelho das Almas exigiria seu comprometimento integral. Nada de distrações ou fraquezas. E nada que lhe pudesse proporcionar alguma felicidade, como ter um relacionamento.

Teria que pensar em algo para dizer à sua mãe e aos seus amigos e conhecidos. Uma mentira que fosse fácil de ser contada e aceita por todos.

Quanto menos pessoas soubessem das insígnias e do espelho, melhor. Menos riscos, menos sofrimento. Pelo menos para os outros, pois Diana sofreria de qualquer forma.

Cerrou seus olhos. Escutou os risos e a música. E, mesmo de olhos fechados, sentiu a intensidade das luzes coloridas invadirem suas pupilas.

Sem abrir os olhos, Diana tocou as insígnias. Primeiro, sentiu a Insígnia das Almas. Ela parecia mais gelada que o normal. Depois, levou os dedos até a Insígnia da Vida.

Suspirou. Expirou. Ela girou a cabeça para relaxar, mesmo sabendo que aquele gesto seria em vão. Seus pensamentos turbulentos lhe deram uma folga. Era hora de se divertir e de sentir as luzes novamente invadirem suas pupilas. Abriu os olhos. Suas íris estavam da cor da Fênix.

Agora, seus sentimentos e preocupações foram dilacerados pela Fênix. Diana já não mais se importava com Dulce, nem com seu sofrimento.

Seu único impedimento era aquela equipe reforçada de seguranças do bar. Diana não permitiria que aquilo a impedisse de entrar e curtir a noite. Ela tinha de dar um jeito nisso.

Embora sentisse um grande poder dentro de si, desconhecia como usá-lo. Sem pretender machucar ninguém, até porque seus inimigos eram outros, pensou em uma solução rápida, mas talvez não muito discreta. E foi quando teve uma ideia.

Por um lado, seu plano era péssimo e poderia lhe causar ainda mais problemas; por outro, era a única forma de entrar ali. Atravessou a rua e, enquanto se aproximava do bar, a música ficava ainda mais alta. Ela podia ouvir:

But my head's filling up fast
Mas minha cabeça está se enchendo rapidamente
With the wicked games, up in flames
Com os jogos perversos em chamas
How can I fuck with the fun again, when I'm known?
Como posso me divertir de novo, quando sou conhecida?
And my boys trip me up with their heads again
E os meus namorados se confundem de novo
Loving them
Estou amando-os
Everything's cool when we're all in line
Tudo é legal quando estamos todos em sintonia
For the throne
Para o trono
But I know it's not forever
Mas eu sei que não é para sempre

 A música era da cantora Lorde, *Tennis Court*, e aquelas batidas poderiam fazê-la se esquecer de como a vida se tornara injusta.
 Um dos seguranças se aproximou e parou bem à sua frente.
 – Documento, por favor. – Estendeu uma das mãos.
 Diana ficou imóvel.
 O homem franziu a testa após ver o silêncio de Diana. Trajando um terno preto acetinado, seus músculos podiam ser notados mesmo com toda aquela vestimenta.
 Havia um rapaz bem ao seu lado. Por algum motivo, seus olhos a faziam ver imagens embaçadas, e aquelas intensas luzes coloridas só pioravam sua visão.
 Com uma voz mais firme e pausada, o segurança repetiu:
 – Documento, por favor.

Sem pensar duas vezes, ela puxou um rapaz para perto de si. Diana sentia uma aura amigável nele, não sabia ainda por quê. Antes que ele pudesse dizer algo, Diana o beijou por alguns segundos. Seus lábios só precisaram ir ao encontro dos lábios dele.

Algumas pessoas passaram ao seu lado e olharam a cena. O segurança pareceu um pouco surpreso.

Após os dois pararem de se beijar, o rapaz sorriu, dizendo:

– Ela está comigo.

Finalmente, a entrada da garota foi permitida. De mãos dadas, ele a conduziu até a porta e as soltou, mesmo querendo segurá-las por mais tempo.

– Erick? – Diana disse em um tom surpreso.

Erick era seu ex-namorado. Seu rosto tinha um formato meio quadrado e era pálido. Tinha olhos castanhos e bem expressivos, embora não fossem muito grandes. Os cabelos castanhos na altura do ombro sempre estavam despenteados; eram um pouco ondulados e ficavam próximos de seus olhos grande parte do tempo. Ele era uns dez centímetros mais alto que Diana e não era musculoso, porém tinha um físico atlético, talvez porque jogasse muito basquete.

– Olá, Diana. – Erick esboçou um sorriso amarelo. – Está tudo bem?

Ele notou uma coloração quente nos olhos de Diana. A garota pôde contemplar mais uma vez o sorriso tímido dele. Era capaz de fazê-la se esquecer de todo e qualquer problema. Até mesmo de que ela era a guardiã do espelho.

Ele vestia uma camisa bege com listras azul-claras. Um terno azul-marinho e calças na tonalidade da cor bege de sua camisa. Usava mocassins pretos.

Ela sorriu de uma forma tímida também.

– Vamos dançar? – Diana pegou em sua mão.

Erick balançou a cabeça enquanto sorria. Por fim, retrucou:

– Você não deveria perguntar primeiro se eu estou sozinho? – Ergueu as sobrancelhas.

– E isso importa? – Diana tentou esboçar um sorriso ainda mais intenso e o abraçou com força. Ambos ficaram com os olhos marejados, mas por motivos totalmente diferentes.

Ainda abraçados, só podiam ouvir o refrão de *Tennis Court* encaixando-se perfeitamente naquele momento:

> *Baby, be the class clown*
> Baby, seja o palhaço da turma
> *I'll be the beauty queen in tears*
> Eu serei a rainha da beleza em lágrimas
> *It's a new art form*
> É uma nova forma de arte
> *Showing people how little we care (yeah)*
> mostrando às pessoas o quão pouco nos importamos (yeah)
> *We're so happy*
> Estamos tão felizes
> *Even when we're smilin' out of fear*
> mesmo quando estamos sorrindo de medo
> *Let's go down to the tennis court, and talk it up like yeah*
> Vamos até a quadra de tênis e bater um papo, tipo yeah

Finalmente, Diana não mais sentia a presença de Helen. A energia estava menos densa, menos provocativa. Mal podia imaginar que ela a observara desde sua corrida pela estrada e só parara quando a jovem escritora abraçara Erick. Algo a fizera retroceder.

Cambaleando pela estrada, vazia de esperanças, Helen saiu do bar com uma expressão distante e foi para longe, até onde seus pés puderam levá-la. Onde Hunt não pudesse encontrá-la e Diana não mais a sentisse.

CAPÍTULO IX
Lembranças do passado

Diana contemplava o bar com um olhar triste.

O lugar parecia ser maior do que imaginara: mesas grandes e redondas de madeira ébano estavam dispostas por todo o contorno do ambiente, já que o centro era reservado para as pessoas dançarem.

As luzes, como já observado por Diana, eram coloridas: roxas, azuis, vermelhas, brancas e até laranjas. Elas estavam em movimento e se concentravam no meio da pista.

Algumas esculturas modernas feitas à mão – a maioria de latão retorcido – estavam presas às paredes e tinham vários tamanhos e formas. Algumas pareciam pessoas, já outras, cavalos, mas a maioria representava máscaras, parecidas com as que se veem no Carnaval.

A jovem escritora estava aflita, contudo fez de tudo para esconder seu estado de espírito; caso contrário, surgiriam perguntas comprometedoras. Entretanto, não se conteve e pegou o copo de uísque da mão de uma mulher que passava bem próximo dela.

– Descobriu seu amor pelo uísque? – debochou Erick enquanto esboçava uma careta de preocupação exagerada demais; a mulher olhou atônita para Diana.

Ela permaneceu calada. Seus olhos sedentos procuravam um relógio. Viu um preto com detalhes em prata e ouro no pulso direito do rapaz. Com uma força tremenda, pegou seu braço e o trouxe para mais perto dos olhos.

– Que horas são? – a garota ofegou.

– Agora você se importa com as horas também? – Erick arqueou as sobrancelhas.

– Seu relógio está parado... – constatou a garota.

– E é deste jeito que ele deverá permanecer.

– Por quê? – perguntou Diana.

Erick suspirou enquanto ria e, exatamente como havia feito Diana, tirou das mãos de um homem o primeiro copo de uísque que viu e propôs um brinde:

– Um fim à tristeza! – disse ele.

A garota brindou, ainda sem saber o motivo pelo qual o rapaz preferia que seu relógio não mais funcionasse. Os dois escolheram uma mesa de dois lugares e se sentaram.

Diana não percebeu a tristeza por trás dos risos nervosos de Erick, então lhe fez uma pergunta:

– Por que terminamos? – disse enquanto se distraía olhando para o DJ tentando remixar, sem sucesso, uma música.

– Porque eu era apenas um capítulo em sua vida. Não um livro.

Sentindo um aperto no coração, Diana tentou se explicar para o rapaz:

– Erick, eu...

– Quer saber? Foi melhor assim. – Levantou-se. – Tenho que ir.

Com uma agilidade sem precedentes, provocada pela Fênix, a garota levantou-se e o abraçou com força. Mais força do que possuía alguns meses antes.

Erick pareceu surpreso e, por mais que quisesse retribuir o abraço, agora substituíra seu coração por uma pedra nova e fria.

– Você foi o capítulo mais importante da minha vida. E eu só descobri isso até...

– Me perder, eu sei – completou Erick.

Ela afastou seus braços dele. Mas era tarde. Ele havia sentido um filete de fogo próximo às costelas.

– Que foi isso? – perguntou.

Diana olhou seus braços. Alguns filetes quentes percorriam por eles e iam até seu peito, e então voltavam para lhe causar ainda mais dor.

Assustada, Diana correu. Correu entre a multidão que dançava no bar. Erick tinha de ir embora de sua vida. Não podia machucá-lo novamente.

Suspirou e escutou os chamados do rapaz. Ele pronunciava seu nome de maneira única, como só ele tinha o direito – e o dever – de chamá-la. Sua voz era capaz de amenizar sua dor, mas o que menos doía naquele momento, eram os filetes de fogo percorrendo, agora de forma nada tímida e muito voraz, cada centímetro do seu corpo.

Ela alcançou a porta de saída. Precisava escapar dali. Do lado de fora ela estaria menos vulnerável.

Um casal se aproximou, pois viu o estado de desespero da garota.

– Droga! – urrou de dor o rapaz de camisa estampada e calça jeans preta bem rasgada na parte dos joelhos, quando Diana arrancou o copo de uísque das mãos dele. As suas mãos quentes queimaram as do homem. Sua namorada saiu às pressas enquanto gritava por ajuda.

– Calada! – gritou Diana, saindo e escorando-se na parede mais próxima. A coloração de seus olhos não poderia ficar mais laranja agora, pois havia chegado ao seu limite. Sua visão ficou turva.

Enquanto o casal se afastava, outra pessoa chegou perto. Era Erick.

Com sua cabeça bem erguida, Diana tomou toda aquela dose generosa de uísque de uma só vez, mas mal sentiu a garganta queimar. A Fênix parecia ainda mais intensa naquela noite.

– Seu corpo – disse Erick, vendo que parte da regata branca de Diana ficou queimada em filetes, deixando seu corpo pálido parcialmente à mostra. Seus shorts ainda estavam bem inteiros, mas ela não poderia dizer o mesmo da regata.

– De agora em diante, isto é normal.

Erick sentiu o olhar quente de Diana. E apenas uma pequena fração dele era por causa da Fênix. Antes que pudesse pensar, voou na direção da garota e a beijou loucamente, com toda a sua vontade e força.

Eles podiam ouvir a música *West Coast*, de Lana del Rey, em um volume ainda mais alto que o normal.

It's getting harder to show it
Está ficando difícil mostrar
I'm feeling hot to the touch
Me sinto mais sensível a cada toque
You say you miss me
E você diz que sente minha falta
And I always say I miss you so much
E eu sempre digo que sinto muita saudade
Something keeps me real cold
Mas algo me mantém bem distante
I'm alive, I'm a lush
Estou viva, sou a luxúria
Your love, your love, your love
Seu amor, seu amor, seu amor

I can see my baby swingin'
Posso ver meu amor balançando
His Parliament's on fire when his hands are up
Seu cigarro está aceso quando suas mãos estão no alto
On the balcony and I'm singing
E na varanda eu estou cantando
Ooh, baby, ooh, baby, I'm in love
Ah querido, ah querido, eu estou apaixonada

Ela sentiu o beijo por alguns segundos e Erick não se importou de ter parte do corpo atingido por seu calor lancinante. Diana o agarrou com força e cerrou os olhos depois de perceber os olhares ainda mais intensos de Erick dirigidos às suas íris totalmente laranjas.
– Estão lindas.
Ela retrucou após tomar fôlego por conta daquele beijo:
– Você não deveria dizer isso.
– És uma deusa, carinho.
A maldição pareceu dar uma trégua à jovem escritora. "Carinho." Como ela sentira falta do modo como Erick a chamava enquanto estavam juntos. Como!
Novamente, Diana teve de contradizê-lo, franzindo sua testa o máximo que pôde enquanto se segurava para não desabar em lágrimas:
– Deusa? – esganiçou. Seus olhos estavam repletos de lágrimas. – Eu não passo de uma maldição!
Empurrou Erick com força suficiente para o rapaz se desequilibrar. Rapidamente, ele apoiou-se com as duas mãos na parede em que Diana se encostara e percebeu o calor no local. Ela virou-se e saiu em disparada.
Após perceber a gravidade daquelas queimaduras, ele correu atrás de Diana, que voltava a arder em chamas. Ela entrou na mata e urrou de dor duas ou três vezes antes de cair no solo gelado.

A garota sentiu uma forte pontada no estômago, que a impediu de respirar por alguns instantes. O lado direito de seu rosto estava coberto de terra e as mãos de Erick surgiram para tirá-la de lá. Ele carregou-a no colo.

Mais uma pausa concedida pela Fênix e ela suspirou enquanto agarrava com uma das mãos as vestes do rapaz. Apagou. Estava no escuro. Sozinha. Era como deveria estar.

Após recobrar parcialmente os sentidos, Diana se virou e caiu do sofá de couro marrom. Pôde sentir novamente aquele antigo piso de madeira gelado tocar seu corpo.

– James, Thomas? – chamou com a voz fraca.

Mas aquela casa não era a deles.

– Quem? – O rapaz fez uma pausa. – Não, é o Erick, esqueceu?

Sem saber se por conta do uísque ou da Fênix – ou um pouco dos dois –, ela decidiu ficar em silêncio. Após perceber onde estava, levantou-se do chão com o auxílio de Erick.

– Descanse. – Ele passou a palma da mão na testa de Diana.

– Você não deveria ter me trazido para cá. É perig... – Balançou a cabeça. – Esqueça.

Ela suspirou. Era ilógico completar aquela frase, pois o que não era perigoso agora? Diana estava na casa de sua mãe. As saudades não cabiam no peito. E um nó em sua garganta havia acabado de surgir.

Agora, confortável no sofá ao lado de Erick, ela olhou para cima. O lustre de cristal estava empoeirado. Foi então que escutou uma pergunta:

– Você não mora mais aqui? – Ele virou-se para todos os lados. – E sua gata?

Sem saber por onde começar – e se devia realmente contar-lhe sobre o que havia passado nos últimos meses –, juntou forças para decidir o que poderia ser dito ao rapaz.

Parecendo ler seus pensamentos como Jasper fazia, ele apenas disse:

– Diga-me tudo.

Ainda mais surpresa, a garota cerrou seus olhos e, ao abri-los, fez o que Erick havia lhe pedido.

– Estou morando em outro lugar, ou estava... – Pausou sua fala. – Recebi uma chave enquanto sonhava. Desde que a senti em meu pescoço – Diana passou as mãos ali como se pudesse tocá-la –, minha vida mudou.

– É uma dessas... coisas? – perguntou ele com desdém.

Ela fez que não com a cabeça.

– Essas são duas das cinco insígnias que preciso proteger.

– Melhor eu nem perguntar onde estão as outras. – Arqueou as sobrancelhas. – Elas causaram isso em você? – Erick apontou para a regata destruída de Diana.

– Não, isto foi a Fênix. Uma maldição muito antiga. Alguém a passou para mim e eu passarei por isso todos os dias da minha vida até encontrar um fim.

Erick parecia cada vez menos surpreso.

– Se eu pudesse ajudá-la...

– Você já está. – Beijou-o.

Embora não devesse e fosse muito arriscado, Diana se libertou de muitas das correntes que a aprisionavam por semanas. Sentir-se liberta delas era um alívio.

– Você me deve mais explicações – continuou Erick.

Diana pensou em parar por aí, mas, ao ver os machucados no corpo dele causados pelos filetes da Fênix, prosseguiu:

– Agora sou uma guardiã. Devo abandonar tudo o que conheci para proteger um certo espelho. Ele é um portal para um vilarejo onde muita coisa estranha aconteceu.

Erick acenou com a cabeça.

– Se eu não visse seu corpo literalmente ardendo em chamas, diria que é o uísque falando – disse sem esboçar nenhuma emoção. – Você é a única a protegê-lo?

– Não, tem... – Balançou negativamente a cabeça. – Tinha um outro cara. Marlon era o nome dele. Ele está desaparecido.

– O que acha que houve com ele?

– Helen deve tê-lo matado. – Entristeceu-se. Sua voz saiu ainda mais fraca.

Sentiu uma fisgada no estômago após pronunciar aquelas palavras. Aquilo tinha de ser mentira.

Um barulho estranho para Erick, mas familiar para Diana, preencheu os ouvidos de ambos. Era o relincho de Thunderhead.

– Jasper – ela sussurrou.

Erick correu até a porta, mas, antes que Diana dissesse algo para impedi-lo, o rapaz já havia voltado com algo nas mãos.

Ela escutara o belo cavalo se afastando dali às pressas. Erick trazia a Insígnia do Tempo.

Sem saber se deveria, ele a colocou no pescoço da guardiã.

– Um cara... ele estava montado em um cavalo. Que loucura.

Loucura não era. Era apenas Jasper. Alguém que traíra a confiança de Diana e que morreria sem aquela insígnia.

– Mais uma – a jovem balbuciou.

– Três de cinco. – Sentou-se ao lado da garota. – Sua sorte está mudando.

Não está, nem irá. Ah, meu amor, você está mais errado que o seu relógio quebrado, queria poder dizer ao lindo rapaz ao seu lado.

– Decidiu se vai me contar sobre esse relógio quebrado? – Dirigiu seu olhar curioso ao pulso de Erick. Aquilo ainda permanecia em seus pensamentos.

– Você não se lembra? – disse ele.

– E você se lembra do quanto odeio quando me respondem com uma pergunta? – Chegou mais perto do rapaz. Ela queria poder sentir a respiração sempre serena de Erick mais uma vez.

– Você me deu este relógio no nosso primeiro mês de namoro. E eu nem sabia que se presenteava nessa data. – Deu um sorriso tímido.

Diana se recordou daquele dia. Eles estavam em um parque. Ela usava um vestido rosa-claro acinturado bem longo e Erick a segurava pela cintura enquanto a rodopiava no ar. Diana queria pôr seus pés no chão, mas Erick estava longe de soltá-la.

Pouco tempo depois, mais uma memória foi acessada pela sua mente inquieta. Eles estavam namorando havia exatamente um mês. E Diana tinha uma surpresa em suas mãos.

– Tome. – Entregou uma caixa nas mãos do rapaz.

Ele sorriu e abriu.

– Achei... incrível! Obrigado, carinho. – Erick esboçara um sorriso amarelo ao ver aquele relógio. Ele odiara, mas nunca falaria isso para a garota, que agora sorria mais ainda. E seus olhos brilhavam cada vez que Diana sorria para ele.

Agora, Diana voltava à realidade. Embora Erick estivesse nela, algo havia mudado: os dois ainda estavam machucados.

– Eu fui uma idiota. – Desviou seu olhar ao se lembrar do que havia feito exatamente três anos depois daquela data.

De volta ao passado, mais um mergulho às profundezas de sua mente. Ela odiaria se relembrar daquilo.

Diana se viu com Erick. Estavam agora em um bar parecido com aquele do qual haviam acabado de sair, mas bem menor, mais simples e menos iluminado.

– Olha quem veio! – disse uma garota para Erick.

Diana sentiu um leve aperto no coração.

– Deixa quieto, Di – disse Lara, sua melhor amiga na época.

De estatura baixa, bem magra, olhos negros e cabelos platinados, lisos e curtos, Lara poderia ser descrita como alguém de aparência peculiar. Seus lábios eram carnudos e, por algum motivo curioso, ela sempre estava com uma peça de roupa azul. Sempre.

– Desta vez, você caprichou. – Erick voltou-se para Lara, elogiando sua blusa azul-petróleo repleta de lantejoulas.

Ele foi ao encontro das duas. Diana estava com uma expressão vazia e seus braços estavam cruzados e permaneceram assim mesmo enquanto Erick a abraçava. O gesto despertou nele um garoto brincalhão, porém longe de estar feliz.

– Nós já voltamos – disse Lara ao rapaz enquanto levava Diana ao banheiro. Era um dos lugares mais bem iluminados daquele bar, mas seu coração mergulhara em uma escuridão sem fim.

Aquela decoração rústica em madeira escura fazia Lara torcer a boca.

– Vamos, pense! – Apertou o queixo de Diana. – Ele nunca será dela, porque...

Diana completou:

– Ele não quer. Mas e se quiser?

– Erick é louco por você. Ele só sorri quando te vê, Di.

A jovem escritora balbuciou:

– Ela não vai desistir. Isso já dura quase um ano!

Lara bufou, revirando os olhos negros logo em seguida.

– Vá lá para fora com seu vestido vermelho curto e arrase, garota! – Deu um tapinha em uma das coxas de Diana.

– Você está certa. – Suspirou.

As duas saíram de lá. Diana sorria e Lara ria da insegurança desnecessária da amiga, até que os risos de Lara cessaram e os sorrisos de Diana viraram lágrimas.

CAPÍTULO X
Novos rumos

– Você se lembra daquela noite?

– E teria como esquecê-la? – Diana se entristeceu.

Ao relembrar daquela noite, mergulhou em um abismo ainda mais profundo. Sua respiração ficava mais pesada à medida que sua mente avançava naquela amarga lembrança.

– Diana! – Fingiu surpresa a garota ao lado de Erick.

Embora não a conhecesse muito bem, Diana bem sabia das más intenções de Lívia e o que ela queria com Erick. A garota era apaixonada pelo seu namorado. Ela tinha cabelos loiros e cacheados, pele dourada, e seus olhos eram verdes, se bem que Diana e Lara desconfiavam da verdadeira coloração, pois aquele tom de verde era tão intenso que parecia ter sido fabricado por lentes de contato. Sua estatura se aproximava muito à de Diana.

Com roupa provocativa, Lívia colocara um vestido ainda mais justo que o de Diana, verde-esmeralda, e saltos agulha na cor branca. Um colar absurdamente grande e dourado repousava em seu pescoço.

– Não! – vociferou Diana para Lara quando a amiga tentou impedi-la de ir ao encontro dos dois.

A cena era cruel de ser vista e ainda mais dura de ser sentida pelo coração da jovem escritora. Erick engoliu em seco, afastando-se ainda mais de Lívia, mas era tarde demais. Estava feito.

Lívia forçara um beijo entre os dois, mas o que Diana não sabia – e só descobriria semanas mais tarde pela gravação das câmeras de segurança do bar – era que Erick virara o rosto a tempo de evitar o beijo da sedutora Lívia, que tentara armar uma situação embaraçosa ao ver Diana se aproximando deles. Infelizmente, a jovem só soube o que houve tarde demais. O tal beijo nem chegara a existir.

Com o ciúme exacerbado ocasionado pela total falta de confiança em si mesma e no rapaz, foi preciso só um gesto mal interpretado e pronto. A casa havia desmoronado para Diana.

Lívia fingiu arrependimento só porque sabia que nada mais haveria de bom no relacionamento entre os dois. Relacionamento que tivera seu fim naquela mesma noite.

– Por isso, ele não funciona mais – disse Erick, encarando Diana, ainda mais cabisbaixa. – E eu o carrego até hoje para me lembrar de nunca mais me apaixonar. Nada sério, só curtição, sabe?

– Você estava certo – disse a garota.

Ela se lembrou. Após fazer um escândalo sem precedentes, Diana tirara à força o relógio de Erick.

– Este relógio é a única coisa que você terá do nosso relacionamento. Acabou! – Diana berrava.

Erick conseguiu segurá-lo quando Diana o arremessou em seu peito, mas, com a força de Diana ao tirá-lo de seu pulso e a brutalidade de Erick ao jogá-lo no balcão depois de pegá-lo, o relógio fora danificado. Quebrado. Igual ao que acontecera com aquele relacionamento.

A garota tocou na Insígnia do Tempo. Ela parecia ainda mais gelada que o de costume. Suspirou.

– Esqueça – disse o rapaz ao ver o rumo obscuro daquela conversa.

Ela tinha problemas suficientes para resolver. E Erick vira apenas alguns grãos de areia daquele deserto de problemas.

Diana repetiu:

– Você estava certo. – Encarou o rapaz com um olhar sereno e desprovido de qualquer emoção.

– Passado é passado, Diana.

A garota se apressou:

– É por isso que você precisa ir agora, para bem longe. – Tomou fôlego. – Vá! – ordenou.

– Diana...

– Preciso manter as pessoas que conheço distantes de mim e as que amo ainda mais! Você não enten...

Diana congelou.

– Você finalmente disse. – Erick permaneceu sereno.

A garota nunca havia dito "eu te amo" para Erick. Talvez por despreparo, talvez por desconfiança de que aquele relacionamento pudesse ir adiante depois daquelas três palavras serem pronunciadas em voz alta ao rapaz.

– Vá – disse Diana com a pouca força que lhe restava.

– Por que só confia nas pessoas erradas? – disse antes de se dirigir à porta e sair a passos largos.

O coração de Diana sofreu um outro aperto. Ainda mais intenso. E menos bondoso.

Senhor Philip fora da jogada. Confere. Marlon por um fio ou... morto. Confere. Helen conseguira lançar a Fênix em Diana e ela estava ainda mais despedaçada emocionalmente? Com toda a certeza.

Nada mais podia ser feito naquela casa. Pelo menos nada de bom.

Sem ter motivos nem vontade de continuar ali, Diana pegou uma jaqueta de algodão cinza que estava na sala, vestiu e também partiu, mas, antes de pôr os dois pés para fora, ela inspirou. E expirou. Sentiu um último aperto em seu coração e fechou delicadamente a porta.

Qual a utilidade de reviver o passado? Dispensou a ida ao seu quarto e a conferida nos móveis, bem como em seu mural que necessitara de anos e anos de trabalho intenso para ficar com todas aquelas centenas de recortes e colagens de pessoas sorrindo, felizes. Mentira. A realidade se mostrava bem distinta daquele mural tolo.

Meio desnorteada, Diana seguiu para um lugar ainda mais deserto que sua casa abandonada: seus pensamentos. Andava a passos largos pela madrugada afora.

Cruzou seus braços ao ser tocada pelo vento gélido. Por fim, depois de conferir o brilho acentuado daquele luar, embrenhou-se na mata. Enquanto suas pernas sentiam as diversas plantas e até alguns insetos que passavam por ali, pensou ter visto um vulto.

Por alguma razão desconhecida, ela tinha a certeza de que poderia ser qualquer um, menos Helen. A energia da mulher era totalmente diferente.

– Erick? – Fez uma pausa. – James? – gritou.

Ninguém respondeu. Nenhum sinal de voz, embora a garota tenha escutado um estalo vindo de uma grande árvore. Era o momento certo para conferir e, se fosse o caso, atacar.

– Você por aqui? C-como? – Levou suas mãos à boca, agachando-se no chão ao ver a figura de um Marlon prestes a desistir de sua própria sobrevivência para ter um pouco de paz.

Sem conseguir falar devido aos traumas causados por Helen, ele apenas apontou para a Insígnia do Tempo – ainda mais frígida – que repousava no pescoço da garota.

Por fim, o guardião do espelho reuniu a última gota refinada de energia que lhe restava para dizer:

– Confie.

Marlon apagou. Diana entrou em desespero.

– Socorro. – Olhou para sua direita. – Socorro! – Virou-se para a esquerda.

Ela gritou e cerrou seus olhos com toda a força reunida por suas pálpebras. Suas mãos trêmulas percorriam o pescoço do guardião. Ela não mais sentia a pulsação do rapaz. Ele estava morto.

– Não, não, não... – Diana chorava enquanto balançava a cabeça. – Marlon, acorde, por favor!

Um semblante de paz podia ser claramente notado em sua face. Nada de pânico, muito menos de dor. Só lhe restara paz.

– Ele não morreu. Ainda não.

Diana conhecia muito bem aquela voz.

– Como posso acreditar em você? – disse a garota.

Jasper estava ali, em pé, bem ao seu lado. Enquanto se agachava no chão, seguia o olhar aflito de Diana alternando entre ele e o corpo desfalecido de Marlon.

– Confie – disse com uma voz firme.

Naquele instante, Diana se lembrou da única – e última – palavra que Marlon lhe dissera: "confie". Deveria arriscar sua vida e confiar em Jasper? Ou Jasper teria se aproveitado daquele momento ao escutar Marlon e usara a mesma palavra para enganar Diana?

Desta vez, Jasper estava com uma jaqueta preta de couro e calça jeans. Ele usava mocassins pretos.

– Você não vai me responder? Ainda lê meus pensamentos, não? – Exaltou-se.

– Você precisa da sua privacidade. – Carregou Marlon no colo.

– Para onde irá levá-lo? – Diana perguntou.

– Acharia que eu estou mentindo se dissesse.

Diana bufou. Ele só podia estar brincando e jogando mais uma vez para ganhar.

Sem forças mentais ou físicas para impedi-lo, o jeito era gritar por ajuda.

– Nem pense. Como explicaria esta situação se alguém viesse para ajudá-la? – disse Jasper tranquilamente.

– Você leu minha mente de novo!

O criador de insígnias respondeu em seguida:

– Só quando seus pensamentos esbanjam uma energia fora do comum.

Diana imaginou se ele sabia sobre o bar. Ou sobre Erick.

Thunderhead estava próximo. Branco como a neve, o cavalo virou-se para encarar Diana bem nos olhos. Ela podia jurar que ele lhe lançara um olhar de piedade. Um simples animal podia compreendê-la?

Jasper colocou o corpo de Marlon em Thunderhead e subiu no animal logo em seguida. Enquanto tentava segurar o guardião com um de seus braços, estendeu o outro na direção de Diana.

Ela pegou em sua mão e subiu também.

– Ele vai aguentar o peso de três pessoas?

– Lembra quando eu disse que Thunderhead é o cavalo mais veloz que existe? Digamos que seja o mais forte também. – Deu um sorriso maroto.

– Meu pai, o que você fez com ele? – Preocupou-se.

Jasper sabia como preparar elixires, e Thunderhead fora uma de suas cobaias. Infelizmente, Diana também estava inscrita naquela lista.

Ainda refletindo sobre os planos do criador de insígnias, a garota se perguntou o porquê de ainda estar viva.

Thunderhead cavalgava como se não houvesse amanhã. Jasper sinalizou algo com uma das mãos para o cavalo enquanto Diana segurava ainda mais forte em sua cintura. Seus braços estavam gelados. O rapaz parecia ignorar os pensamentos de Diana, muitos dos quais arquitetavam a morte dele. Era sua obrigação para com Marlon. E com o restante do mundo.

Foi então que a garota reuniu toda a sua coragem para perguntar-lhe:

– O que aconteceu com ele? – Tentou visualizar Marlon enquanto agarrava ainda mais a cintura de Jasper, que pediu para o animal ir ainda mais rápido.

Ele suspirou.

– Foi um elixir – disse calmamente.

Ela congelou. Hunt parecia conhecer muito bem o terreno no qual estava mexendo. *Depois de mais de um século de existência, você acaba aprendendo na marra algumas coisas mesmo*, pensou Diana.

– Posso saber que tipo de... elixir? – perguntou, abaixando a voz ao mencionar a última palavra.

Após alguns segundos sem resposta, Diana pensou que Jasper a havia ignorado. Estava errada.

– Quase o mesmo que você deveria ter tomado aquela noite.

Diana congelou ao mesmo tempo em que seu coração pedia para acelerar. Seu estômago revirou no mesmo instante. Com a maior frieza, Hunt se demonstrava um psicopata ainda mais calculista.

– Mas eu tomei – disse ela.

Jasper ficou sem entendê-la.

– Quando? – Virou-se de perfil para Diana. Seu olhar ainda podia ser desconcertante para ela.

– Antes de você aparecer. – Fez uma pausa. – Helen salvou algumas gotas daquele elixir e... – suspirou – eu tomei sem saber.

Jasper ficou em silêncio. Diana achou injusto ter sua mente revirada de cabeça para baixo por Jasper sem que ela pudesse fazer o mesmo com os pensamentos sórdidos do rapaz.

Depois de quase um minuto em silêncio, Diana resolveu quebrá-lo com uma pergunta ainda mais capciosa. Inspirou profundamente antes de questionar:

– Por que entregou ela para mim? – Soltou um de seus braços da cintura de Jasper e tocou na Insígnia do Tempo.

– Não foi para você – retificou. – Sua obrigação deve ter sido bem explicada por Marlon ou por aqueles dois irmãos.

Jasper parecia estar furioso com Thomas e James.

– Eles tentaram te matar?

– De certa forma – respondeu de forma bem calma.

Munidos de motivos. Os dois fizeram a coisa certa, pensou Diana.

Quinze minutos depois, Jasper pediu ao cavalo para diminuir gradativamente a velocidade. E Diana pôde perceber o porquê disso. Lá estavam eles: a poucos metros da casa de Jasper.

O homem desceu do cavalo com Marlon nos braços.

– Fique aqui. Eu já volto – disse enquanto se apressava para entrar na casa.

Com a vida do principal guardião por um fio, Diana cogitou a hipótese de cair fora dali o mais rápido possível. Mas deixar Marlon sozinho com alguém como Jasper? Nunca.

Correndo sérios riscos, ela se perguntou se deveria mesmo permanecer ali ou dar uma de covarde. Acabou escolhendo a primeira opção.

"Confie". Fora a única palavra dita por Marlon naquele tumulto todo. *Mas confiar em quem, se todos querem minha morte?*, Diana se perguntou.

Quase todos. Marlon queria o bem da garota, mas ele agora lutava para sair dessa vivo, assim como Dulce. Thomas e James também se debatiam para encontrar uma solução para tirar a Fênix de Diana.

– Eu preciso daquelas três páginas – balbuciou para si. Com elas teria o conhecimento necessário para exterminar a maldição.

Sua mente obrigou-a a se lembrar de Erick. E dos seus poucos, mas valiosos, momentos juntos. Uma lágrima escorreu de seus olhos.

Jasper voltou. Diana enxugou o rosto com o dorso da mão antes de se virar para ele.

– Ele está um pouco melhor. Agora temos que esperar a regeneração do organismo para sabermos se ele sobreviverá. – Ao ver a desconfiança da garota estampada em seu olhar, ele prosseguiu. – Se não acredita, entre e veja com seus próprios olhos.

Após um aceno breve do braço do rapaz para a porta da entrada semiaberta, Diana engoliu em seco e deu alguns passos na direção da casa. E de Jasper. Talvez aquilo fosse uma armadilha.

Parou por pouco tempo ao chegar ao lado de Hunt. Ele a observava curioso, mas muito sereno.

Ela se lembrou do sofrimento causado pela maldição ao sentir o olhar gélido de Jasper. A insígnia parecia congelar sua pele alva quando ficava mais próxima do rapaz.

Continuou. Agora com passos mais apressados, entrou na casa. Um lugar em que ela jurara nunca mais pôr seus pés.

O lugar estava escuro. Marlon estava no sofá, no mesmo em que Diana sentira os efeitos da maldição. E onde Jasper a havia acolhido. De cabeça erguida, ela contemplou a derrota do guardião. O sofrimento de Marlon parecia ter amenizado, mas, mesmo se ele sobrevivesse, as lembranças continuariam a atormentá-lo enquanto estivesse vivo.

Somente ele e Helen sabiam o que realmente acontecera por todo o período em que ela estivera no controle.

Diana passou os dedos sobre o pescoço do rapaz. Pôde sentir sua artéria novamente. Ela agora pulsava, ainda que de forma tímida. E sua respiração também parecia melhor.

Sem saber como agir, Diana se rendeu. Agachou-se no chão para segurar as mãos frias e imóveis de Marlon.

– Volte. Eu preciso de você – sussurrou em seu ouvido.

Mas Marlon não podia mais ouvi-la.

CAPÍTULO XI
A chuva volta a aparecer

O estado de Marlon piorou.
– Jasper! – chamou-o aflita.
Ele entrou na casa.
– É assim mesmo. Marlon ficará entre a vida e a morte por um bom tempo.
Diana fungou.
– Quanto tempo?
Ele deu de ombros.
– Ninguém sabe.
Ótimo. Lá vem a Lei de Murphy, pensou Diana.
Jasper tocou em seus ombros.
Diana fez que não com a cabeça.
– Preciso ficar.
Agora lendo os pensamentos da jovem escritora, ele apenas disse:
– O que Helen podia, ela já fez. Não há mais nada que ela queira fazer com ele agora.

Ouvir aquilo só piorou a dor no peito da garota. O mal já fora feito e a sentença de morte do guardião estava prestes a ser executada.

Se ela pudesse ter sido poupada de tanto sofrimento, seria eternamente agradecida. Mas não fora Marlon que lhe dera a chave para o Espelho das Almas.

Diana saiu da casa. Jasper foi atrás dela.

Não fora ele. *Então quem foi?*, Diana pensou.

– Preciso ficar sozinha – disse enquanto encarava a terra úmida aos seus pés.

Jasper acenou e se afastou dali. Mesmo do lado de Helen, ao que tudo indicava, ele podia imaginar seu sofrimento e, como guardiã principal do espelho ou não, ela tinha de assumir seu lugar. Seu trono. O trono de um rei derrotado.

Marlon lutara até perder suas forças. Ele se rendera às teias de Helen havia quase dois dias. Ninguém merecia sofrer daquela maneira.

Estou viva, mas por quanto tempo?, Diana se perguntou diversas vezes enquanto se agachava no chão.

Pegou um punhado de terra na palma das mãos ao mesmo tempo em que recordava aquele pesadelo em que sentira a terra molhada sob seus pés em Dark Night.

Parecia tão real. Provavelmente, aquele sonho fora um aviso do que poderia acontecer.

Helen, ainda impossibilitada de retirar as insígnias do pescoço de Diana, e Jasper, sempre ávido à espera de qualquer comando de sua amiga – ou quem sabe até amante –, jogava suas peças com extrema desenvoltura e sabedoria enquanto o cerco se fechava.

Brian ficaria estarrecido se visse as pessoas mais importantes de sua vida tramando planos para o fim do mundo. Pior seria se seu melhor amigo e sua amada estivessem juntos. Diana suspeitava disso.

Se ela encarasse o pesadelo do jogo de xadrez como um pressentimento de algo que estava por acontecer, Jasper estaria, sim, envolvido com Helen. Pesadelo ou não, aquilo poderia ser verdade.

Jasper a conhecia havia muito tempo e, influenciado pelos planos mirabolantes de ódio e vingança, ou até mesmo pela Fênix, deixara de ser o mocinho.

Diana repensou: *e se ele sempre foi o vilão?*

Viva por um acaso? Nem pensar. Seu coração ainda pulsava por um simples motivo: ambos não conseguiram retirar as insígnias de seu pescoço. Fracos, porém fortes quando unidos, Jasper e Helen formavam uma bela dupla.

Jasper estava mais perto do que deveria de Diana, e Helen, mais longe a cada hora. Mas como ela sabia que a mulher se afastava de lá? Ainda mais perguntas.

Levantou-se. O clima estava tenso. Diana podia sentir o brilho do luar cobrir sua pele naquela madrugada sombria. Inspirou, expirou e, por alguns instantes, pôde contemplar a vasta solidão daquela floresta.

Cricrilavam alguns grilos. Diana ouviu a comunicação agitada daqueles pequenos insetos. Ela precisava ter alguém com quem pudesse "cricrilar" também.

Pensou na reação exagerada de James quando a visse. Mas, para Diana, nem importavam mais seus ataques de fúria, pois certamente Thomas estaria lá para apaziguar os ânimos.

Ela se virou. Viu Jasper a encarando de uma forma diferente.

– Vamos? – ele perguntou.

Diana apenas se dirigiu para Thunderhead. Sem o auxílio de Jasper, subiu no cavalo e esperou não mais vê-lo em sua vida, pelo menos não até que a batalha final tivesse de ser travada.

A cavalgada do cavalo branco parecia ainda mais intensa. Thunderhead parecia programado. Uma máquina perfeita e modificada por Jasper, a qual atingira o mais alto nível de excelência.

Ela tentou se acalmar. Se aquilo fizesse a energia dos seus pensamentos diminuir, Jasper não os invadiria.

Pensou bem antes de perguntar:

– Onde Helen está? – disse firme.

– Eu não faço ideia – Jasper respondeu.

Embora tivesse certeza de que ele estava seguindo planos diferentes dos seus, Diana sentiu uma boa dose de sinceridade na voz de Jasper.

Pressentindo algo fora do comum, Thunderhead relinchou. Em seguida, empinou por alguns segundos antes de baixar sua cabeça e empacar.

Diana se desequilibrou com o gesto bruto do animal. Jasper a segurou, evitando sua queda, e eles desceram do cavalo. Os corações formavam um dueto de batidas frenéticas. Desta vez, Diana capturou a intensidade da aura de Jasper: obscura, porém assustada.

E, sozinhos, tiveram de se unir.

Thunderhead apenas estava de corpo presente, já que sua alma estava mais escondida que os sentimentos do criador de insígnias.

– Ele sentiu. – Pausou sua fala enquanto cruzava seus braços por causa do frio. – Mas não é Helen.

Jasper olhava para todos os lados e Diana fazia o mesmo. Mas nada descobriram.

– Talvez o perigo tenha ido embora.

O mistério continuou por mais alguns instantes até acontecer algo que Diana não imaginaria nem em seus maiores devaneios. Uma borboleta de tonalidade incrivelmente azul-safira pousou em seu ombro.

– Algo incomum, devo dizer. – Diana virou o rosto para observar o inseto mexendo delicadamente suas asas, tão finas quanto uma folha de papel.

Foi então que a borboleta virou seus esbugalhados olhinhos para o rosto de Diana. Ela a encarou por quase um minuto até voar para bem longe.

A garota seguiu-a com o olhar, ainda mais ávida por respostas. Jurou ter visto uma luz cintilante quando o inseto saiu do seu campo de visão e se perdeu na imensidão daquele céu iluminado por um brilho lunar intenso.

Notou um sentimento oposto em Jasper: sua conformidade diante daquela situação. Triste, ele olhava para o mesmo lugar que a jovem escritora, mas algo era certo. Ele parecia saber o significado daquilo.

Após os ânimos de Thunderhead serem controlados por seu dono, Jasper sinalizou a volta ao trajeto antigo: a casa de James e Thomas. Eles subiram no cavalo.

– Você precisará voltar – disse ele.

Agora, o animal cavalgava com mais tranquilidade.

Diana sentiu uma pergunta saindo da garganta sem seu consentimento:

– E Marlon?

Hunt apenas respondeu:

– Manterei você informada.

Dúvidas a cercavam. Confiar em Jasper depois de tudo aquilo? Se não fosse por uma reação de Diana – ou até mesmo da Fênix –, ela teria bebido um elixir que causaria a sua morte.

Parecia que o rapaz seguia à risca aquele ditado de manter os amigos perto e os inimigos mais ainda. Então por que Jasper impediria Helen de causar ainda mais mal para Diana? Isso continuava sem resposta.

Armação? Talvez.

— Pela regra, agora tenho o direito de assumir o lugar de Marlon.

Jasper concordou com a cabeça.

— E de cuidar do espelho. Coisas obscuras, causadas por maldições *Nibulus*, podem sair de lá – comentou com a garota.

O livro escolhido por Hunt falava sobre aquelas maldições e certamente tinha mais informações importantes sobre MRs que Diana precisaria ler, mas, como ele mesmo dissera, fora escrito para alquimistas bem treinados.

Lutar com mortos renascidos, assassinos das trevas ávidos para matar a todos que cruzassem seus caminhos, estava longe da sua lista de desejos para realizar antes de morrer.

— E minha preocupação é que Helen crie ainda mais MRs e os convença a roubar suas insígnias – Jasper comentou.

Pronto. A situação piorava um pouco mais. Era óbvio que ele sabia de seus planos; afinal, os dois tentaram matá-la.

— Meus pensamentos são tão intensos assim? – Interrompeu. – Ela pode fazer isso? James disse que eles são apenas seres tomados pela raiva.

Ele acenou com a cabeça antes de responder.

— Sim e sim. Lembre-se de que cada morto renascido já foi um habitante de Dark Night. Eles ainda possuem fragmentos de suas antigas vidas. Helen poderá recriá-los e atormentá-los em sonhos para induzir os mais fracos e persuadir os mais fortes a fazerem coisas contra suas vontades.

— Tá parecendo o Freddy Krueger.

Jasper retrucou:

— Helen é ainda pior.

Diana então disse:

— Mas eu ainda tenho a Insígnia das Almas.

Jasper deu de ombros.

– Ela é só um meio mais rápido para ressuscitá-los. Droga. *Há outra forma?*, pensou a garota.
– Por que está me contando isso?
Ele se entristeceu.
– Quero que saiba das intenções de Helen. E, como ela já teve a Fênix dentro de si, é ainda mais fácil invadir sua mente, afinal a Fênix agora reside em você.
– Espera. Eu pensei que só fosse possível invadir a mente dos mortos renascidos. Você acabou de dizer...
Ele a interrompeu.
– Era.
Diana tentou compreender aquele poder todo posto em uma só insígnia. Ela baixou sua cabeça para vê-la melhor. Admirou sua cor prata e a figura de pena de ave na cor preta.
Diana parecia ainda mais perturbada. Talvez porque aquele fosse um dos efeitos colaterais de estar com a Insígnia das Almas.
– Correto.
Diana bufou.
– Sério... De novo? – Arqueou as sobrancelhas.
– É só aprender a baixar a energia dos seus pensamentos.
A garota nem tinha ideia de como fazer isso. Continuou:
– Quer dizer então que Helen vai invadir minha mente?
Ele respondeu:
– Quase isso. Ela vai entrar nos seus sonhos. Afinal, alguém lhe deu uma das chaves para o espelho.
Fora Helen quem lhe entregara aquela chave. Diana não estava nada surpresa.
Como a Insígnia das Almas detinha maior energia, e por isso era mais difícil de retirá-la de Diana, Helen tentaria tomar primeiro a outra.
– E vai tentar arrancar á Insígnia da Vida e depois a Insígnia das Almas do meu pescoço – concluiu.

– Exatamente.

Ela deu de ombros.

– Não sou capaz de lutar contra ela.

Jasper ficou calado por alguns instantes antes de lhe dar uma sugestão:

– Há uma forma: fuja. Se você a vir em seu sonho, tente criar uma barreira nele.

Diana ficou ainda mais confusa.

– Quê?

– Pode parecer confuso, mas você já deve ter percebido nos seus sonhos certas mudanças no ambiente provocadas por você. Faça o mesmo quando a vir: forme barreiras, mude cenários, crie objetos em seu sonho que a impeçam de chegar até você. E quem melhor para inventar coisas que um escritor?

Jasper parecia querer ajudá-la.

Ela tinha uma chance e o dever de agarrá-la com todas as suas forças.

Thunderhead parecia mais calmo enquanto ia na direção da casa de Thomas e James. E, depois de mais vinte e poucos minutos de cavalgada, Diana pôde ver o lugar de longe.

O cavalo parou. Diana desceu dele e se virou de costas para Jasper. Sentiu a Insígnia das Almas perder parte de seu calor novamente.

– Ainda tenho duas perguntas para fazer antes de... – Suspirou. – Você sabe.

– Encarar seu destino – disse Jasper. Acenou com a cabeça. – Prossiga.

Ela hesitou por tempo demais. Sua tensão só aumentava, pois tinha receio de fazer aquelas perguntas e, ainda mais, de escutar as respostas dadas por ele.

– Eles sabem da rachadura no espelho.

– E você quer saber o significado disso?

Diana fez que sim com a cabeça.

– Eu preciso.

– Muitos MRs saíram ou entraram no espelho. Como a energia deles é quase nula, é impossível dizer se eles estão aqui ou em Dark Night. O espelho precisa de energia para deixar alguém passar por ele, como já mencionei antes.

A garota concluiu:

– E foram tantos passando ao mesmo tempo que...

Jasper continuou:

– O espelho rachou. E a próxima pergunta?

Diana encarou os olhos negros de Hunt antes de dizer qual era.

– A Insígnia do Tempo me impediria de virar cinzas. Mas desta vez... – ressaltou as últimas palavras – era você quem a carregava. Meu corpo queimou sem virar cinzas. Por quê?

Jasper pensou se deveria responder à pergunta de Diana. Depois de muito refletir sobre sua decisão, cedeu:

– O poder dela... – apontou para a Insígnia do Tempo – ainda continua em você, estando ou não com a insígnia. E, claro, tente não ser morta. Como já disse, você também desenvolverá a maldição total se perder sua vida.

– Não compreendo – disse Diana.

Ele se explicou melhor:

– Tendo esta insígnia... – apontou para a Insígnia do Tempo no pescoço da garota –, Helen terá menos força. Você só desenvolverá a maldição por completo se morrer ou se ela conseguir todas elas. Daí o poder da insígnia que está dentro do seu corpo passaria para ela, caso ela conseguisse tirar a Insígnia do Tempo de seu pescoço.

Mas não era isso que Diana não compreendia. A garota se explicou melhor:

– Eu queria perguntar... – Tomou fôlego antes de continuar. – Por que você ainda está vivo mesmo sem ter a Insígnia do Tempo?

Ele apenas disse:

– É complicado. Eu preciso ficar com isso, tudo bem? – Tirou a chave do espelho que era de Diana do bolso de sua calça jeans e a colocou em seu próprio pescoço. Diana apenas fez que sim com a cabeça, mesmo sem saber o que aquilo significava. – Adeus, Diana.

Ela sentiu um aperto no coração.

– Adeus – disse a garota com a voz embargada.

CAPÍTULO XII

A dama de sangue

Diana detestava despedidas. Agora, teria de se explicar para Thomas e, pior, para James também. Sua tensão só aumentava, mas isso tinha de ser feito.

Andou a passos lentos até a casa dos dois irmãos. Seu coração desacelerava à medida que se aproximava de lá. Ainda não sabia do estado de Dulce. Quando a vira pela última vez, antes de sair de casa às pressas, a empregada estava caída no chão da cozinha. Certamente havia bebido um dos elixires de Helen sem notar.

Diana chegou. Olhou pela janela e viu os irmãos discutindo sobre algo. Desta vez, ela estava pouco se importando com a possibilidade de aquela discussão envolver seu nome.

Entrou, pois a porta estava semiaberta. Nenhum pote de sal de James pela casa. Isso a surpreendeu. Pelo jeito, ele abandonara, de uma vez por todas, as suas crenças.

A garota alternou o olhar entre os dois.

– Eu quase morri e você está aí com um sanduíche de um quilo, tamanho família, nas mãos! – gritou Thomas.

James retrucou:

– E você com esses livros na mão? – Revoltado, prosseguiu com um tom de deboche. – Dá para comer livro?

Thomas revirou seus olhos negros.

– Pelo menos tento descobrir algo importante e não uma receita boba de sanduíche. O que houve com Marlon? Não sabemos, e você preocupado com esse lanche.

James olhou furioso para o irmão.

– Não... mexa... com o meu... sanduíche – falou de forma bem pausada.

Só então James e Thomas perceberam a presença de Diana.

– Viu, se ela fosse um MR, já teria nos matado! – exclamou Thomas.

– É só deixar meu lanche em paz – retrucou James.

Ele ia dar a primeira mordida no seu lanche quando Thomas largou os livros sobre o sofá e o arrancou de suas mãos.

– Você as tirou. – Thomas fez uma pausa enquanto fitava as insígnias no pescoço de Diana. – Está com o poder ainda mais consolidado no seu corpo então – comentou enquanto se sentava no sofá.

Diana fez que sim com a cabeça.

James permanecia quieto. E com muita raiva.

– Eu precisei voltar. – Olhou para a cozinha. – Onde está Dulce?

– Está lá em cima no seu quarto. Sua gata não sai de cima dela. – James pausou antes de lhe perguntar. – Como você ainda não morreu?

Thomas o fulminou com o olhar.

– James está certo. – A garota olhou para o rapaz. – Marlon foi atacado por Helen.

– Não! – exclamou Thomas, arregalando os olhos.

A jovem se apressou:

— Ele está vivo. Eu o encontrei caído próximo de uma árvore e... — fez uma pausa — Jasper o tirou de lá.

— Quê? — James se exaltou.

— Ele também me deu isto. — Ela tocou na Insígnia do Tempo.

James fitou aquele colar.

— Mas ele está contra nós — Thomas disse.

— Então por que entregou esse treco? — James perguntou para o seu irmão.

Diana deu de ombros.

Thomas ficou calado até perguntar para Diana:

— Onde ele está?

Ela sabia que ele se referia ao guardião do espelho.

— Está com Jasper. Ele deu um elixir para o Marlon cujo efeito lhe foi benéfico, eu acho. Agora é questão de tempo até saber se ele vai sobreviver ou não.

— Lá vem... — James arqueou as sobrancelhas.

— Sim. — Tomou fôlego, dirigindo-se para Thomas. — Você sabe do meu dever. Marlon não poderá assumir... por enquanto.

Thomas confirmou com a cabeça enquanto James cruzava os braços.

— É, eu sei. — Fitou o sanduíche de James em suas mãos.

— Partirei ainda hoje — a jovem os avisou.

James olhou para a garota.

— De madrugada? — Thomas questionou.

— Sim. O quanto antes.

James pegou o sanduíche das mãos de Thomas, aproveitando sua distração.

— Vamos te levar.

James pareceu não ter gostado da ideia.

– Thomas, eu... – fez uma pequena pausa – descobri o motivo de o Espelho das Almas ter ganhado a rachadura.

Ele ficou surpreso. Arqueou as sobrancelhas negras a ponto de franzir sua testa ao máximo.

– Conte.

– Isso só aconteceria se muitos MRs passassem por ele.

Diana atiçou a curiosidade de James.

– Eles entraram ou saíram? – perguntou, agora menosprezando seu sanduíche, que deixou de ser o centro de sua atenção.

– Não se sabe – disse a garota. – Mas tenho de descobrir, pois pessoas inocentes podem estar em perigo. – Pegou o sanduíche das mãos de James e deu uma mordida.

Thomas fez um sinal para ele se acalmar.

– Com certeza, e nós também vamos fazer a nossa parte. Se virmos um morto renascido por aí, você será a primeira a saber.

Thomas olhou para James.

– É – disse o irmão.

Diana engoliu antes de perguntar:

– Antes de ir, eu posso vê-la? – perguntou Diana.

Thomas acenou com a cabeça.

– Claro.

Diana entregou o lanche nas mãos de James e subiu as escadas. Os dois ficaram lá embaixo enquanto ela se despedia de sua grande amiga.

A porta do quarto estava semiaberta. Ela viu Dulce deitada. Estava dormindo e parecia normal. Como dito, Missy não saía de perto da empregada. Deitada em cima de sua barriga, olhou para Diana com uma expressão de curiosidade.

A garota se sentou na beirada da cama. Acariciou a gata e depois segurou a mão de Dulce.

– Descanse, minha amiga – disse em um volume quase inaudível.

Com um aperto no coração, a garota pegou sua bolsa verde-oliva e o seu computador. Desceu. Estava sem Missy.

– Vai deixar a pestinha aqui? – disse James.

Diana viu um sorriso no rosto dele. Parecia contente com sua decisão.

– Meu coração dói muito – a jovem disse.

Segurando as lágrimas, Diana se aproximou de James e pegou o lanche de volta. Ela o escolhera como um consolo temporário.

Thomas pegou a chave do carro para levá-la à casa de Marlon.

– A gente vai te visitar, tá? Levaremos sua gata junto. – Pousou seu braço sobre os ombros da garota enquanto sorria.

– Obrigada. – Diana esboçou um sorriso, porém repleto de tristeza.

Diana e Thomas saíram de casa. Ao chegarem ao esportivo amarelo de James, ela suspirou.

Sabia da mudança que deveria ser feita: nada de relacionamentos, muito menos de proximidade com quem gostava.

Eles entraram no veículo e Thomas notou ainda mais tristeza no semblante da garota.

– Que foi? – perguntou após dar partida.

– Vocês estarão em perigo. – Balançou a cabeça. – Devemos nos afastar, afinal vocês não precis...

Ele cortou sua fala:

– Precisamos. É nosso dever também, Diana.

– Qual desculpa eu darei para a minha mãe? – disse a garota com uma entonação triste. – Não poderei mais vê-la.

Thomas suspirou.

– Andei pensando sobre isso também – prosseguiu com um nervosismo intenso na voz. Pigarreou. – E eu não faço a mínima ideia.

Forçando sua mente ao máximo, Diana teve poucas ideias, e uma parecia mais cruel que a outra.

– Eu... morri? – sugeriu. – Fui para outro país sem deixar rastros? Sequestrada? – Desanimou-se.

A garota balançou negativamente a cabeça ao escutar as besteiras que dizia.

– Sua mãe irá te procurar. E quem procura, uma hora, acaba achando – Thomas comentou.

– Eu sei. – Deu de ombros. – Esquece.

– Sabe o que James diria?

Diana deu um palpite:

– Para eu falar que fui abduzida por ETs. – Virou-se para ele.

Thomas fez que não com a cabeça.

– Para você se concentrar na sua missão. Um dia você achará uma boa resposta.

– Entendi – sussurrou.

De nada adiantaria sua preocupação.

Aproveitou o tempo que tinha para comer o sanduíche. Terminou-o em poucos minutos. Depois de uns dez em silêncio, este foi quebrado pela insistência de Thomas em entender o que havia acontecido:

– Qual é a do Jasper?

Diana comprimiu os lábios ao mesmo tempo em que franzia a testa e permaneceu em silêncio. Queria se esquecer daquilo.

Como esperado, a teimosia da garota se revelou: flashes percorreram sua mente, e um deles foi de Jasper e Helen tramando para matá-la.

Depois de quase meia hora, os dois chegaram ao seu destino.

– Tome cuidado – disse Thomas, fazendo uma pausa bem longa antes de continuar a falar. – Você não quer que eu fique também? Estamos nessa juntos.

– Você não é um dos guardiões. – Abriu a porta do carro. – E Marlon deixou claro que esta é uma tarefa solitária.

– É, eu sei. Até, Diana.

Thomas se entristeceu, e Diana cerrou a porta.

Suas palavras pareciam menos rudes em seus pensamentos. *Talvez tenha sido melhor assim*, pensou.

Ela acenou com a cabeça. E agora estava só. Seus passos em direção à casa foram difíceis de serem dados. Ela ainda esperava que Marlon abrisse aquela porta e a recepcionasse com seu famoso macarrão ao molho pesto.

Entrou. A casa parecia ainda mais solitária. Ela jogou a bolsa em uma das poltronas e se deitou no sofá enquanto olhava para Mimi, a cobra no pote de vidro com formol.

Adormeceu.

Sabendo que suas noites estavam longe de serem tranquilas, Diana esperava pelo pior: Helen. Um pesadelo a despertou para uma realidade dentro de seu sonho.

Agora, a garota sabia do perigo que corria enquanto sonhava e que seria possível morrer de verdade se a amada de Brian a matasse em sua mente. Caso isso chegasse a acontecer, Diana teria a maldição por completo: morreria e renasceria das cinzas todos os dias.

Helen também precisava das insígnias de Diana e faria o impossível para consegui-las. Se fosse necessário matar a agora principal guardiã do espelho, Helen o faria de imediato.

Diana se viu em um shopping. Pessoas passavam pela garota com várias sacolas de compras. Elas pareciam felizes e concentradas em gastar cada centavo que possuíam naquele lugar.

As luzes tinham uma intensidade maior do que realmente seria na realidade, detalhe despercebido pela garota.

Greta, sua mãe, estava ao seu lado. As duas observavam um cachorro de pelos brancos e curtos que invadira o shopping e fazia a maior algazarra por lá enquanto latia feliz. Mas o som das suas gargalhadas duraram pouco. Muito pouco.

Todas as luzes se apagaram em questão de segundos. As pessoas estranhavam aquilo, assim como Diana e sua mãe. A garota se virou para todos os lados. Greta já não estava mais lá.

– Mãe? – chamou.

Ninguém respondeu.

Os latidos do animal foram diminuindo de volume até se tornarem inaudíveis.

Ela andou a passos largos pelos imensos corredores com o intuito de achar a mãe, mas nenhum vestígio dela. Abaixou a cabeça em sinal de derrota e, ao levantá-la, deparou-se com uma loja de vestidos de festa.

Era uma das maiores daquele shopping. Diana ainda podia perceber um pouco de luminosidade ali dentro e entrou. Em vez de lâmpadas de luz branca, apenas dezenas de velas absurdamente finas e longas pairavam sobre a loja.

Várias bancadas de mármore branco – que mais pareciam túmulos – podiam ser vistas por todos os cantos e algumas delas também continham velas; já outras, apenas vestidos que haviam sido provados recentemente e largados lá para serem novamente colocados em seus cabides.

Caminhou entre dezenas e dezenas de manequins brancos. Todos os vestidos eram muito luxuosos. Ela imaginou o preço do vestido mais simples, e que este ainda assim a assustaria pelo valor absurdamente alto.

Embora muito chamativos, a garota fixou o olhar em apenas um deles. Era um vestido de noiva branco e extremamente volumoso, com muitas rendas, a maioria delas feita à mão. Diana torceu para não pisar nele enquanto o rodeava para analisá-lo por inteiro.

Foi aí que percebeu algo curioso: o manequim que exibia aquele vestido parecia ser diferente. Ainda sem descobrir qual era o detalhe que o diferenciava, Diana chegou mais perto dele.

Por uma fração de segundo, notou uma pequena expansão nele, bem na altura do peito. Parecia que ele podia respirar. *Isso é loucura*, pensou.

Foi então que a jovem levou um susto: o manequim mexeu a cabeça em sua direção. Seu coração acelerou. O manequim ficou ainda mais branco e brilhava mais que os outros.

Ela se afastou alguns passos. Ainda o fitava com um olhar apreensivo. Pôde olhá-lo por inteiro enquanto percebia algo desconcertante: ele parecia ter o mesmo corpo da garota.

Franziu a testa.

Agora, o manequim respirava normalmente. Mexia-se enquanto se admirava com aquele vestido – mesmo sem ter olhos – e o segurava com as mãos.

Diana percebeu a felicidade naquele boneco, que parecia estar sorrindo mesmo sem ter uma boca. E aquilo ficou ainda mais estranho para Diana. Ela sorriu enquanto admirava a empolgação daquele corpo antes inanimado.

Poderia ser uma cena cômica, se não tivesse acontecido algo muito ruim em seguida.

Com suas mãos afastadas do lindo e imponente vestido branco e dedos completamente distantes um do outro, o manequim pareceu ter parado de sorrir e, enquanto fitava sua barriga, surgia uma mancha vermelha-escura na altura de seu ventre.

Diana assustou-se. Deu um passo em direção ao manequim agora ferido. Os dois continuavam a fitar a mancha, a qual ficava ainda maior à medida que aquele líquido vermelho ia se espalhando. As mãos pálidas do manequim tentavam pressionar sua barriga para conter o sangramento.

Sim, era sangue. E, em poucos segundos, o vestido ficou ainda mais encharcado. Diana levou a mão à boca. Nada podia ser feito. Deu alguns longos passos para trás e se virou. Sua mãe estava bem à sua frente, segurando uma vela acesa na altura de sua face:

– Aceite seu destino, filha – disse Greta de uma forma dócil enquanto sorria.

Ela saiu da loja às pressas e correu pela escuridão até o pesadelo acabar.

CAPÍTULO XIII
A outra face

Acordou. Diana sentiu as gotículas de suor percorrerem sua testa e pescoço. Algumas tocaram nas insígnias e outras molharam a raiz de seus cabelos ruivos.

Levantou-se do sofá de veludo branco, fazendo algumas das velhas tábuas de madeira do chão emitirem um ruído quando tocou-as com seus pés e, mesmo pisando sobre o tapete persa, pôde sentir o frio delas na sola.

Helen a atormentara em seus sonhos. Mais uma vez.

Antes, Diana não tinha ideia de que a mulher podia invadir sua mente a esse ponto. Agora tudo estava mais claro em sua cabeça, mas escuro em sua vida.

Nem Dulce, nem James e muito menos Thomas podiam lhe fazer companhia. Missy também estava de fora. Suspirou e passou o dorso da mão na testa para enxugar o suor.

Levou um susto quando escutou alguém bater à porta umas três ou quatro vezes. Ela hesitou. Deveria ver quem estava do outro lado?

Ainda sem sentir a presença de Helen, Diana se tranquilizou. Embora soubesse que Jasper deixara a despedida dos dois bem clara, um resquício de esperança surgiu e ficava mais forte à medida que seus passos inseguros se aproximavam da porta.

Ao abri-la, viu um dia lindo lá fora. Alguns pássaros cantarolavam e Phillip estava bem à sua frente. Tinha óculos parecidos com o antigo, porém estes eram de aro ainda menores e mais grossos. Phillip vestia uma camisa branca e bermuda verde-militar. Usava tênis brancos.

Ela julgou ser um morto renascido, mas se lembrou de que apenas antigos habitantes de Dark Night poderiam virar um.

– S-senhor Phillip? – gaguejou.

Perplexa, a jovem o encarava enquanto Phillip esperava seu convite para entrar.

– Diana! É um alívio encontrar você por aqui – disse enquanto ria.

Ela se lembrou de Marlon e se entristeceu após recordar daquele flash do guardião caído perto da árvore.

– Por favor, entre. – Fez um gesto com a mão para Phillip entrar.

– Obrigado, obrigado! – Entrou.

Phillip se sentou em uma das poltronas de couro vermelhas. Diana fechou a porta e se sentou no sofá branco.

– Eu pensei que... – Pausou sua fala.

Diana não sabia se deveria prosseguir.

Phillip continuou:

– Que eu estivesse morto? Pois eu também – disse sereno.

Ela ficou meio sem jeito. Nunca imaginaria a possibilidade de ser visitada por alguém que tinha julgado ter morrido.

– Como foi? – Sua voz saiu bem baixa.

Ela se referira ao ataque de Helen. Phillip entendeu muito bem e decidiu lhe contar tudo de forma breve enquanto tamborilava os longos e finos dedos no descanso da poltrona:

– Terrível. E se até agora – olhou para todos os lados da sala – Marlon não apareceu, significa...

Desta vez, Phillip preferiu deixar Diana completar sua fala:

– Que eu sou a principal guardiã. Ele também foi... atacado.
– Sua voz saiu embargada. O peso em suas cordas vocais era imenso. Transmitir aquela notícia a deixou devastada.

– Eu o conhecia muito bem. – Arqueou as sobrancelhas e isso realçou ainda mais seus olhos azuis. – Ele ainda vive?

A garota comprimiu seus lábios.

– Creio que sim. Ele foi salvo por Jasper. – Pausou para ver a reação de Phillip. Nenhuma surpresa em seu rosto. – É estranho.

Ele balançou negativamente a cabeça e se espreguiçou.

– Olhe... – Acomodou-se na poltrona, jogando o corpo para a frente. – Ele fez o mesmo por mim.

Confusa, Diana retrucou:

– Jasper está do outro lado!

Suas palavras saíram atropeladas. Ela precisava lhe contar a verdade.

– Eu reconheço o olhar de quem mente: Jasper pareceu me dizer a verdade. Enquanto me debatia e gritava por ajuda, ele me socorreu. Houve apenas sofrimento e angústia quando bebi aquele elixir. Ele evitou a minha morte.

– E se isso foi uma jogada?

Phillip ficou ainda mais ereto na poltrona. A desconfiança de Diana instigou sua curiosidade.

– E por que seria? Helen já foi uma pessoa agradável. Algo a fez mudar e, a essas alturas, você sabe o motivo dessa repentina mudança.

Diana assentiu com a cabeça.

– Sei.

Agora com uma fisionomia mais serena, ele prosseguiu:

– Helen se curvou à maldade da Fênix. Era de se esperar uma brusca mudança. Bailey também sabia disso, tanto é que ele escreveu em um de seus livros sobre a mudança de humor e uma poss...

A garota o interrompeu:

– Bailey? – Exaltou-se. – O senhor também ouviu falar sobre Joe Bailey?

Phillip sorriu.

– Todos os alquimistas, um ou outro guardião e até alguns mortos renascidos conheciam este nome.

– Eu já tive a oportunidade de pegar em um livro dele. Senti uma energia fora do comum em um deles.

Diana se lembrou de que Bailey não acreditava em títulos, como Jasper havia lhe dito.

Nada impressionado, ele apenas comentou:

– Era de se esperar. Bailey e suas artimanhas.

Embora quisesse saber mais sobre Joe, ela se sentia na obrigação de perguntar sobre Helen.

– Para onde o senhor acha que ela foi?

Phillip ficou calado por alguns segundos. Como ela sabia que Helen estava distante dali?

– Entendi. – Phillip fitou o tapete enquanto cogitava algo exaustivamente. – Talvez para o lugar onde ela deveria estar.

E onde Helen deveria estar agora? Atormentando Thomas ou James? Diana não se conteve de preocupação, então se deu conta de que Helen só precisava das insígnias e elas estavam em seu pescoço. A garota torcia para os dois irmãos não virarem iscas da mulher.

Percebendo a agonia de Phillip em suas palavras, Diana desconversou. Ela queria deixá-lo confortável e não ainda mais tenso.

– Jasper deve ter ido com ela.

– Por que acha isso? – Phillip cruzou os braços.

A garota tomou coragem para continuar:

– Eles querem a mesma coisa: as insígnias. Jasper pediu para que eu bebesse um elixir que me ajudaria a superar os efeitos da Fênix.

Diana ficou calada enquanto revivia a cena.

– E...? – Phillip arqueou as sobrancelhas.

Ela suspirou.

– Eu não tomei. Depois vi os dois conversando na floresta.

Phillip torceu a boca, porém permaneceu calmo, sem esboçar nenhuma reação. Ele desconversou:

– Sinto falta da minha Sara.

Seu tom de voz estava grave. E triste. Não havia nada que pudesse ser feito para amenizar sua tristeza.

– Sinto muito. Vocês eram casados e felizes...

– Até nos envolvermos com isso. – Sorriu.

– Ah...

Por um momento, a jovem escritora se sentiu culpada, mas Phillip aliviou esse sentimento após dizer palavras reconfortantes para ela:

– Foi bem antes de você se tornar uma guardiã.

– Por que eu não percebi que as histórias da senhora Collins eram reais? – perguntou.

Ele deu de ombros.

– E faria diferença?

Diana compreendeu os sentimentos de dor daquele senhor. Sentimentos que apalpavam seu coração e, por vezes, ainda o machucavam. Levantou-se do sofá.

– O senhor quer uma água, suco... chá? – Fez uma pausa ao vê-lo assentir com a cabeça. – Embora eu nem saiba se tem tudo isso aqui – balbuciou.

Ele sorriu. Tinha vontade de ajudar os guardiões por razões altruístas, e agora surgira um outro desejo: vingar a morte de Sara, sua grande amada.

Era sua vez de sentir calafrios. Diana podia jurar ter visto Phillip ainda mais tenso longe de sua presença. Ela iria à cozinha pela primeira vez, desde que chegara na casa.

Toda preta e branca, abrigava móveis brancos – desde os armários até o fogão e a geladeira – e muito bem conservados. Havia uma mesa quadrada branca no centro, com uma cadeira preta em cada lado, e em cima dela estava um arranjo de margaridas artificiais e uma bandeja de madeira com duas xícaras pretas com um grão de café estampado nelas. Eram as mesmas xícaras que Marlon tinha usado para lhe servir um café.

A garota abriu a geladeira. Havia apenas água.

Ele não comia, não?, pensou Diana.

Pegou a jarra de vidro verde com água, despejou um pouco do líquido num copo retirado de um dos armários e voltou para a sala.

Típico de Marlon. Bufou.

– Tem só água, tudo bem? – Diana entregou-lhe o copo.

Phillip acenou com a cabeça.

– Está ótimo. – Pigarreou e voltou a encarar o rosto da garota. – Você deve estar se perguntando o porquê de eu estar aqui.

Sem ser intencional, Diana disse em um tom de voz animado até demais:

– E como! – Sentou-se no sofá.

Phillip ficou surpreso ao vê-la ávida por respostas.

– Eu vim pelos mortos renascidos. Conhece as histórias, eu suponho.

Ela acenou positivamente com a cabeça antes de lhe responder:

– Infelizmente.

Phillip tomou um gole de água para lubrificar a garganta.

– Eles estão vindo – disse sereno.

– Um exército? – Diana entrelaçou os dedos das mãos, arqueando o corpo para a frente.

Phillip queria poder fugir daquele assunto, afinal Helen acabara com sua mulher quando ainda era um MR.

– Tem dias que são só alegrias, já outros... – Arqueou as sobrancelhas. – Estamos vivendo um tempo de incertezas, embora saiba que um bom marinheiro não surge em águas calmas.

Ela completou:

– Mas mesmo um marinheiro principiante precisa aprender algo antes de se aventurar em águas turbulentas.

Ele sorriu.

– Exato. – Largou o copo sobre a mesa de centro e sentou-se novamente na poltrona. – Acontecerá uma reunião dentro do espelho. Pouco a pouco, eles estão se reagrupando.

Surpresa, ela permaneceu em silêncio, tentando assimilar as palavras de Phillip. Impossível. Ninguém percebera isso antes?

Franziu a testa antes de lhe perguntar:

– Eu corro perigo?

Ele ajeitou seus óculos.

– Só quando Helen der as ordens – Phillip explicou.

– A dama negra – balbuciou para si.

Diana recordou que Helen precisaria manipular todos os mortos renascidos, enviando-lhes lembranças amargas – e até manipuladas – para o ódio surtir efeito em suas almas e corrompê-las ainda mais.

– Espere alguns dias e descubra onde será feita a reunião.

A data estava próxima. Sem tempo nem habilidades para se preparar, Diana elevou sua voz:

– Alguns dias? – Ofegou, balançando negativamente sua cabeça. – Impossível, estou sem chances.

– Sozinha, sim. – Emudeceu para causar drama. – Comigo junto? Não. Por isso vou lhe ajudar.

– Como? – Diana o questionou.

– Há um jeito, mas... – cruzou suas pernas – primeiro me conte se houve algo de estranho desde que nos vimos pela primeira vez.

Ela sabia da necessidade de ser concisa em seu relato.

– Em meus sonhos, a chave mudou do azul para o laranja por instantes. – Pausou sua fala. – Era a Fênix.

Ele confirmou com a cabeça.

– Algo mais?

– Bom, a Insígnia do Tempo está evitando que eu vire cinzas e... – cerrou os olhos castanhos para se lembrar de algo ainda mais recente – há também uma borboleta azul. Pousou nos meus ombros e... senti uma conexão com ela.

O interesse de Phillip tinha retornado.

– É mesmo? – Apressou suas palavras. Tentando se conter, ele prosseguiu com menos ânimo na voz. – Borboletas azuis são comuns e bastante visíveis nestas terras.

Então por que esse ânimo todo?, cogitou a garota.

Era notório que ele queria permanecer imparcial diante daquela conversa. Eles prosseguiram sem dar atenção àquilo.

– Entendo.

Mas Diana deixou de entendê-lo. Suas reações eram obscuras como as de Jasper. Phillip se inclinou na poltrona após fitar o lustre de cristal e esboçar desdém pela peça.

– E Dulce?

Curioso. *Senhor Phillip a conhece também?*, pensou. Pelo tom de voz dele, os dois eram próximos. E deveriam ser por alguma razão?

– Ela bebeu um elixir feito por Helen, mas está... – tomou fôlego – se recuperando.

– Ah... – Balançou a cabeça, passando os dedos por debaixo dos óculos para coçar seus olhos azuis. – É triste saber.

Deixou de se conter. Diana queria respostas acima de tudo:

– Por que o senhor perguntou sobre Dulce? Ela tem a ver com o que está acontecendo?

Phillip confirmou com a cabeça.

– Sim, Dulce é sobrinha de Nicholas, um ex-guardião do Espelho das Almas.

CAPÍTULO XIV
O laranja surge

Estava explicado. Agora Diana entendia o motivo da consideração que Thomas e James tinham por Dulce. Ela era da família. A família solitária dos guardiões do espelho.

James e Thomas, pelo que Diana sabia, não possuíam parentes guardiões, mas, pela afinidade dos interesses em comum – o bem-estar de todos acima do próprio –, eles certamente se conheceriam de uma forma ou de outra.

Ela estava estupefata enquanto fitava o copo de água que dera ao senhor Phillip.

Pensou em Dulce e em como a empregada lhe escondera aquele segredo por tanto tempo. Talvez a intenção nem fosse esta, pois não havia motivos para omitir de Diana o seu grau de parentesco com um dos guardiões secundários do Espelho das Almas. Diana sempre notara uma tristeza nela e sua empatia em auxiliá-los sempre quando podia – agora sabia a razão.

– Eu... não imaginava. – Balançou sua cabeça.

Phillip pigarreou.

— Preciso vê-la. — Levantou-se do sofá, novamente ajeitando seus óculos. — Eu voltarei em breve, Diana. Venceremos esta batalha juntos. — Sorriu.

Diana acenou com a cabeça e se levantou para acompanhá-lo até a saída.

Após cerrar a porta, notou sua intuição falar mais alto: *Entre no Espelho... entre no Espelho!*, ouvia em sua mente.

Não, era arriscado demais. Phillip fora embora e James e Thomas demorariam a visitá-la. As palavras daquele senhor rodeavam sua mente. "Venceremos esta batalha juntos".

Phillip poderia estar certo. Vencer esta batalha: a de permanecer viva durante seus sonhos, talvez não a guerra. Ao adormecer, ela precisaria ter cuidado redobrado, pois Helen facilmente a atacaria em seu estado mais frágil.

E vencer uma batalha não era a mesma coisa que vencer a guerra, até porque poderiam ocorrer dezenas de batalhas antes do embate final. Sem armas úteis, munições, muito menos esperança, Diana perdera seu otimismo.

Com a guerra praticamente ganha, Helen só precisava mexer um ou outro pauzinho para pegar a Insígnia da Vida e ter mais poder dentro de si, assim poderia correr atrás da Insígnia do Tempo e da Insígnia das Almas. Com esta última insígnia, lideraria o exército de MRs ainda mais facilmente.

Mas o dever de Diana estava acima de seus medos. Tinha de estar.

O coração da garota batia por bater. Em suas batidas, havia apenas dor causada por obrigações impostas a ela pelo antigo guardião.

Se ao menos Marlon pudesse se recuperar... É pedir muito?", Diana pensou.

Revolta. Apenas a dura e amarga revolta a rodeava, faminta por destruição. E Diana tomou uma decisão nada sábia: ir ao Espelho das Almas e encarar Dark Night de uma vez por todas.

Um medo superado era uma vitória ganha. O vilarejo de antigos alquimistas deixara de ser inofensivo para ser encoberto por uma capa densa de problemas. Nada de bom podia ser notado ali. E Diana queria desvendá-lo.

Seu desejo autodestrutivo, fosse causado pela Fênix, fosse pela Insígnia das Almas, tinha de ser saciado.

Ela subiu as escadas. Dirigiu-se à segunda porta à direita.

Nada iluminada, a sala do espelho parecia bem mais empoeirada. Marlon nunca fizera uma faxina lá, apenas cobrira os móveis com lençóis brancos, os quais estavam parcialmente encardidos.

Rapidamente, Diana se apressou, dando passos maiores do que podiam ser dados por suas pernas, a fim de contemplar de perto o famoso portal que dava acesso ao vilarejo.

Serena, porém com um semblante melancólico, fitava o espelho como se não houvesse amanhã. E talvez não houvesse mesmo.

"Confie." Marlon lhe dissera antes de dizer "olá" para um estado de inconsciência. *Confiar em quem?*, ela se perguntava.

Por mais que tivesse um poder sendo emanado dentro de si pelas três insígnias, a energia retirada de seu corpo ao passar pelo espelho era tremenda.

Diana novamente caiu. Suas roupas se sujaram com a lama, principalmente sua regata branca. Talvez estivesse fraca pela Fênix. O que ela estranhava era a força descomunal de Helen por ter a maldição dentro de si. Já Diana tornava-se cada vez mais fraca com a Fênix.

Para alguns, ela proporcionava força, já para outros, fraqueza. Diana procurava por sua força interior. E nada dela aparecer.

As tonturas estavam piores, assim como o solo pantanoso em Dark Night. Thunderhead certamente dispensaria uma visita ao vilarejo.

Clima impiedoso de tão frio, o lugar que fora o lar de Brian, Helen e Jasper estava longe de ter uma aparência agradável: céu sombrio e nuvens ávidas para desaguar. A jovem só queria achar as três páginas do livro de Bailey – que certamente teriam muitos símbolos alquímicos – e dar o fora dali.

Nada contente, Diana se levantou, suspirou e seguiu em frente.

Um detalhe que chamou sua atenção foram os diversos corvos de olhos alaranjados que sobrevoavam Dark Night, atentos a qualquer mudança. Franziu sua testa ao encará-los enquanto imaginava o motivo pelo qual ainda estariam vivos, pois não parecia haver nenhum alimento para eles por ali.

Diana olhou a plantação de trigo abandonada, cujos ramos estavam ainda mais esturricados. Eles podiam ser desmanchados apenas com um simples toque de suas mãos.

Seguiu o caminho à direita, onde ficava a casa de Joe Bailey.

As poucas casas do vilarejo, cujos telhados foram quase todos arrancados, pareciam ainda mais desgastadas. Talvez mais temporais tivessem estragado o pouco que restara de suas estruturas.

Seus tênis brancos ficavam mais enlameados à medida que se aproximava da casa. O ambiente escurecia. As nuvens se aproximavam.

Diana cruzou os braços de frio enquanto tremia. Mal conseguia enxergar. Apertou seus olhos a fim de melhorar sua visão, mas nada resolvia.

Pensando nas diversas velas dentro da casa de Bailey, desejou ter uma delas acesa agora mesmo para iluminar o restante de seu percurso. Finalmente, ela pôde ver a casa mais de perto. Estava detonada.

A antiga casa térrea, verde-clara, agora tinha marcas de lama nas paredes externas. Uma das cadeiras de balanço estava caída no chão e o chapéu velho de couro agora estava todo amassado próximo a ela.

Sentiu um aperto no coração ao entrar na casa: boa parte dos livros estava no chão e parecia que alguém tinha revirado cada pedacinho dela em busca de algo.

Livros surrados, sujos e até com páginas rasgadas. Era uma lástima olhar para aquele cenário. Faria com que todo e qualquer leitor ou escritor que se deparasse com aquele pesadelo chorasse.

Pior que um pesadelo: agora Diana vivia a dura e velha realidade.

Observou os livros espalhados pelo chão. Agachou-se. Ela tinha de arrumar aquilo. Talvez por instinto, ajuntou todos eles e os colocou sobre as mesas. Seu inconsciente a forçava a tocar em cada livro jogado a fim de que sentisse a energia de cada um.

Com um poder tão grande habitando seu corpo, ela seria capaz de identificar um livro importante. De preferência, um que tivesse símbolos alquímicos.

Bailey parecia ter sido uma boa pessoa, talvez não imaginasse o perigo do seu conhecimento para as pessoas de sua época e futuras gerações. Ele sabia muito sobre a Insígnia do Tempo, quase tanto quanto Jasper, seu criador.

Diana imaginou o risco que correria se ele virasse um MR, pior ainda se tivesse uma forma de fazê-lo transmitir todo o seu conhecimento e usá-lo contra ela. E, se ela tivera esta ideia, por que Helen não poderia deduzir o mesmo?

Engoliu em seco. Pensar naquilo fazia a garota ter calafrios.

Com a organização aparentemente completa dos livros de Bailey, Diana se sentou no chão, pois lá não havia sofá, por algum motivo. De pernas cruzadas, decidiu contemplar o lar de um visionário tão brilhante quanto Bailey.

Notou um pequeno detalhe bem escondido à sua esquerda: um livro de couro amarelo, que mais parecia um bloco de notas pelo tamanho, jogado próximo a uma das escrivaninhas.

Levantou-se, deu alguns passos em direção a ele e se agachou logo em seguida para pegá-lo em suas mãos.

Sentiu um calor sendo emanado do livro, que passou dos dedos até seu coração. Era uma energia menos intensa do que a que sentira quando tocara no livro indicado por Jasper, mas sua intuição lhe dizia para levá-lo consigo.

Ela tinha de estar certa. Aquele livro precisava ser importante. Sem saber o motivo pelo qual ainda o carregava consigo enquanto saía a passos apressados daquela casa, Diana o segurava fortemente contra o peito.

Começaram os trovões. Ela apressou ainda mais seus passos.

A energia do livro diminuíra de intensidade, mas ela ainda conseguia sentir uma ou outra faísca sendo emanada por aquele objeto sem título, nem rabiscos ou símbolos na capa. Nada. Um livro desses nem parecia ter um grau de importância, mas era melhor não arriscar.

Ela saiu de Dark Night. Teve a certeza de que haviam dado um nome bem apropriado àquele vilarejo, pois era realmente escuro, em todos os sentidos.

Deparou-se com a sala do espelho e suspirou. Certamente, escapara de uma grande tempestade, mas isso não queria dizer que estava completamente a salvo de outra.

Ela desceu as escadas e escutou um estalo vindo de fora. Correu até a porta, soltando o livro de suas mãos no chão. Após abri-la, escutou alguns trovões. Pôde ver clarões no céu negro atingirem o solo não muito distante dali.

Contrariando o bom-senso, ela se aventurou pelos arredores da casa do guardião. E nada encontrou. Quem estivera lá fora provavelmente já tinha ido embora.

Entrou na casa, seguiu em direção ao livro jogado no chão e o recolheu de lá. Sentou-se na poltrona vermelha, onde havia jogado sua bolsa, e pousou o livro no colo.

Após abri-lo, visualizou uma série de símbolos alquímicos. Ela corria os olhos castanhos página por página e constatou que os símbolos já conhecidos por ela não estavam lá nem ao menos uma vez. Também nada do triângulo simples que Jasper mencionara.

Aqueles diversos símbolos representavam um emaranhado de informações sem nexo. Pareciam fazer parte de outra língua para a jovem escritora.

Após constatar seu fracasso, Diana notou a presença de um símbolo em particular: sua imagem consistia em um triângulo simples entrelaçado a um triângulo de cabeça para baixo. Tal símbolo aparecia repetidas vezes naquelas páginas.

Ligou seu computador. A procura pelo significado dele começaria em poucos instantes. Pelo menos, a internet funcionava bem. Diana decidiu fazer buscas a respeito dos símbolos alquímicos e, se tivesse um pouco de sorte, poderia saber do que o livro se tratava.

Novamente, ela se entristeceu.

Aqueles símbolos pareciam ter sido modificados, até porque ficaria fácil a leitura de um livro cujos símbolos estivessem disponíveis na internet. Bailey era astuto, mas Diana venceu uma das partidas: encontrou o significado de um dos símbolos que mais vira.

Era o Selo de Salomão. Representava a junção dos símbolos do fogo e da água e, julgando a importância do símbolo do fogo, o qual estava de certa forma ligado à garota, sua simples menção, mesmo que de forma indireta, tinha de significar algo importante.

Ainda sem saber o grau de relevância daqueles dois triângulos esquisitos, Diana precisava espairecer e tomar um banho. Após checar o primeiro andar, viu uma pequena porta de madeira perto da cozinha, entalhada de uma forma curiosa: havia alguns desenhos de gotas feitos à mão.

Ela riu. Marlon podia ter poupado seu tempo apenas colocando uma placa para sinalizar o banheiro. Mas Bailey era uma pessoa que não acreditava em títulos, assim como Marlon em placas. Diana deu de ombros. Cada um com sua mania.

A garota pôde conhecer aquela parte da casa. Abriu a porta e viu um banheiro bem pequeno e simples, se bem que o lustre era quase tão grandioso quanto o da sala. Ele também era feito de cristal e em um formato oval.

O chão era de porcelanato preto. As paredes eram decoradas com pequenos azulejos brancos.

A bancada da pia, a moldura do espelho e até o vaso sanitário – eram todos verde-claros. Dava para notar algumas falhas na pintura, que parecia ter sido feita às pressas. Marlon era prático e rápido em tudo o que fazia.

Havia três suportes para toalha na parede. Apenas dois abrigavam toalhas brancas, pois o do meio dava lugar a uma verde-clara. O box era feito de um vidro fumê.

A garota entrou e tirou sua roupa, pendurou-as em cima do box antes de tirar dos pés os tênis enlameados e jogá-los no canto. Ligou o chuveiro.

A água estava quente, mas bem menos intensa que a Fênix quando visitava o seu corpo. Ela pôde ter um descanso enquanto tirava a lama de si. Reparou nas roupas sujas: certamente, sua regata branca iria direto para o lixo.

A garota permaneceu mais alguns minutos por lá até desligar o chuveiro. Abriu o box, rapidamente pegou uma toalha branca em suas mãos e a enrolou em seu corpo.

Como havia saído às pressas da casa de Thomas e James, se esquecera de pegar algumas mudas de roupa. O jeito era atacar o guarda-roupa de Marlon.

– Como sou esquecida! – exclamou para si mesma, colocando a palma de uma mão na testa enquanto a outra segurava a toalha.

Sem nenhum outro cômodo naquele andar, supôs que o quarto do guardião do espelho ficasse no andar de cima.

Subiu as escadas.

Ao chegar ao corredor, andou em direção à porta à sua esquerda. Ela estava semiaberta. Era ali onde ficava o quarto de Marlon. O chão era de madeira, igual ao da sala. Algumas tábuas também emitiam um rangido quando Diana caminhava sobre elas.

O guarda-roupa era feito de ébano, assim como a escrivaninha logo ao lado. Ela se aproximou dele e pegou um moletom branco e uma calça *skinny* na cor beje. Vestiu as duas peças enquanto olhava ao redor.

Sobre a escrivaninha, percebeu alguns livros antiquíssimos empilhados. Alguns pareciam ser de Joe Bailey, pois nada de títulos em suas capas. Ao pegar um deles na mão, pôde sentir uma fraca energia sobre ele, mas bem menor do que a que sentira no livro amarelo.

O lustre do quarto de Marlon era feito de um plástico oval e, dentro deste, três lâmpadas verdes se destacavam. Marlon era um bom apreciador de lustres de cristal, então por que em seu quarto havia um de outro material?

Aproximou-se da janela perto da cama. Sem nenhuma cortina, ela dava espaço a uma paisagem deserta. Ninguém lá fora além da boa e velha solidão.

A roupa de cama de Marlon consistia em uma colcha branca como a neve, e vários travesseiros na cor verde estavam dispostos sobre ela. Eles tinham quase a mesma tonalidade das lâmpadas quando apagadas.

Enquanto mexia na roupa de cama, tentando alisar as pequenas pregas, Diana esbarrou em outra escrivaninha, fazendo o único porta-retrato de Marlon cair. Felizmente, o objeto ainda estava intacto. E era a única coisa em cima da escrivaninha.

Diana se abaixou e o pegou em suas mãos. Dando alguns passos em direção à porta, parou e o encarou por alguns instantes. Depois continuou seu caminho. Desceu as escadas ao mesmo tempo em que fixava seu olhar no porta-retrato.

Havia algo naquela foto que a irritava. Algo totalmente fora de sua compreensão. Quem era ela?

CAPÍTULO XV

Marcas do pesadelo

Visivelmente incomodada, Diana se sentou no sofá branco.

Seria alguém da família?

A foto era de uma mulher sorrindo ao olhar para Marlon, que a abraçava fortemente.

Ela era linda: tinha um grande sorriso, olhos pequenos e azuis e pele com sardas na altura das bochechas e nariz. Seus cabelos eram castanhos, na altura dos ombros, e bem lisos.

O guardião fazia uma careta estranha: seus olhos pequenos estavam maiores e esbugalhados. Ele também colocava sua língua para fora enquanto abria ao máximo a boca.

Quem é ela?, Diana se perguntou.

Levantou-se. Colocou o porta-retrato na mesa de centro e contemplou aquele objeto por vários minutos. Suspirou e tirou uma conclusão triste: quem quer que fosse, deveria estar bem longe ou pior: morta.

Sua mente trabalhava como nunca. Deveria entrar no espelho e sondar o paradeiro dos MRs enquanto ainda tinha chance.

Descalça, foi até a cozinha. Faminta, vasculhou os armários e até as gavetas embaixo da pia em busca de comida. O rapaz tinha que ter alguma coisa lá para comer.

Ela achou apenas duas barras de chocolate amargo. Levou-as para a sala, sentando-se novamente no sofá, e comeu uma delas inteirinha. Aquilo estava longe de ser comida de verdade, mas já mascarava sua fome. Deixou a outra em cima do sofá.

Analisar aquele livro novamente podia ser uma boa ideia, mas, depois de revirá-lo por duas horas, página por página, e continuar sem entendê-lo, Diana desistiu e o fechou. Jogou-o na poltrona com toda a sua força.

A garota voltou a ter uma sensação familiar: captou uma energia estranha. Algo que já sentira antes, quando estava no bar com Erick.

Havia alguém à porta. Desta vez, não escutara nenhuma batida sequer. Imaginando ser o senhor Phillip, andou a passos largos até lá e a abriu.

– Acabou – disse Helen.

Diana não teve tempo de se defender. Sentiu uma dor descomunal atingir seu estômago. Pressionou a palma das mãos contra ele enquanto sentia as pernas fraquejarem, e caiu no chão.

Urrou de dor.

Deitada enquanto tossia, tentando recobrar o fôlego devido à pancada forte, Diana conseguiu esticar o corpo. Ela agora se arrastava pelo chão enquanto Helen caminhava ao seu lado. Seus cabelos estavam mais ondulados e selvagens do que nunca.

A mulher agora se superara em suas vestimentas: um vestido de alça feito de três ou quatro camadas de *chiffon* vermelho-sangue bem acinturado e assimétrico. O comprimento maior ia até os calcanhares e o menor ficava próximo aos joelhos. Seus pés estavam calçados com botas pretas estilo coturno.

– Aceite seu destino, Fênix – Helen disse calmamente.

Diana estava atordoada demais para escutá-la. A voz de Helen soava embaralhada, distorcida, contudo, a jovem escutara o apelido muito bem.

Ela se lembrou do pesadelo. Aceitar o seu destino estava longe de seus planos, mas Diana estava sem escolha. Olhou para as pernas da mulher enquanto se dirigia lentamente para o sofá. Elas estavam com marcas de sangue, que pareciam ser muito recentes. Parecia que alguém, com as mãos ensanguentadas, tinha apertado sua panturrilha mais de uma vez.

Ela fizera mais uma vítima. A garota torcia para que não tivesse sido Marlon ou os dois irmãos. Espiou o livro amarelo. Torcia também para que Helen não o notasse.

Seus cotovelos conseguiram sentir o começo do tapete à medida que continuava a se arrastar em direção ao sofá. Notou que as botas de Helen também estavam sujas de sangue. Apavorada, Diana fitou o tom de vermelho antes de sentir um chute bem em seu rosto e desmaiar por alguns segundos.

Nada mais sentiu. Muito menos, ouviu. Estava inconsciente.

Mas a dor voltou em alguns instantes. E sua cabeça estava mais quente que o normal. Seus olhos permaneciam fechados. A garota sentiu um incômodo em uma de suas têmporas, no lado direito. Havia algo escorrendo de lá.

Virou sua cabeça para a esquerda. Estava sangrando.

Ainda deitada, apalpou o lado direito do rosto, sentindo dois dos três filetes de sangue que escorriam até seu pescoço, indo ao encontro do tapete.

A boa notícia era que nenhum vestígio de Helen podia ser sentido pela garota. A má era que a amada de Brian conseguira tirar a Insígnia da Vida do pescoço da jovem guardiã.

O relógio era seu inimigo. Parece que tudo girava em torno do tempo.

Algo curioso que ela lembrou era a aversão de Erick por um relógio. Claro que os motivos desse ódio eram diferentes, mas tudo girava em torno de um relógio.

Assim como a Insígnia do Tempo literalmente era o tempo, de certa maneira, Diana tinha suas questões a resolver com o senhor tempo. Amigo de uns, temido por outros, Diana estava prestes a encará-lo como seu principal adversário.

Ela apalpou as duas insígnias em seu pescoço. Ainda de olhos cerrados, pôde escutar alguns passos vindo em sua direção.

– Suponho que tenha recebido uma visita nada agradável – disse uma voz masculina e meio rouca.

Era a voz de Phillip. Ele enfim retornara.

– Helen levou uma insígnia – disse a garota ainda caída no chão.

– Estou vendo. – Deu uma rápida conferida no pescoço da jovem.

Phillip ajudou Diana a se levantar e a encarar o peso de sua derrota. Ele foi até o banheiro e a cozinha enquanto Diana tentava se manter sentada no sofá.

Com tontura por conta do chute em sua cabeça, ficara com a visão tão embaçada quanto embaralhada.

Phillip voltou com uma toalha parcialmente molhada em suas mãos.

– Tome. – Aproximou da cabeça da garota a toalha que envolvia cubos de gelo.

Diana a comprimiu contra a região da têmpora.

– O que eu preciso saber antes de... – Suspirou. – O senhor sabe.

Ela se referia à luta entre a guardiã e inimigos poderosos, como Jasper e Helen.

Phillip hesitou por tempo demais, deixando Diana ainda mais aflita. Ele se sentou à sua frente, na poltrona desocupada. Encarou-a por alguns instantes antes de revelar-lhe todo o segredo:

– Isso não é mais comigo. – Balançou a cabeça enquanto puxava um facão de prata de uns trinta centímetros de dentro de sua calça na altura do quadril. – Tente incluir este objeto em seus sonhos, ou, se ela aparecer aqui de novo, fora deles também.

O artefato tinha, de um lado, o desenho de uma lua e, do outro, apenas a figura de um triângulo equilátero. Aquele era o símbolo do fogo, que significava a transformação final. Diana o conhecia muito bem, pois o vira em suas pesquisas.

Phillip estendeu o facão na direção da garota. Ela o tomou nas mãos antes de pousá-lo sobre o sofá. Estava confusa.

– Como? – Arqueou as sobrancelhas enquanto se esforçava para ver o rosto do senhor.

– Você cuidaria mais da Insígnia do Tempo se soubesse que ela se trata do famoso Elixir da Longa Vida.

– Quê? – esganiçou.

– Estamos perdidos... – Phillip balbuciou. – Uma bebida, mas em forma de... pedra, insígnia, chame como quiser. É uma variação do líquido. Estamos falando da eternidade aqui. Alquimistas dizem que esse elixir é a consciência da espiritualidade e, por conseguinte, da eternidade; logo, somos bem mais que nosso corpo físico. Há muito mais que isso.

Diana completou, debochando da situação:

– Ah, com certeza... Líquido que impede a Fênix aqui de virar cinzas! – Exaltou-se enquanto apontava os dedos indicadores para si mesma.

– E é sobre ela o assunto agora. – Pausou sua fala para ajeitar seus óculos. – A Fênix, teoricamente, é uma ave mitológica, mas também representa a transformação do metal comum em ouro, ou seja, a conclusão da Grande Obra. E estamos falando do ouro alquímico, com total pureza!

Diana se espreguiçou enquanto tentava provocá-lo:

– E posso ficar muito rica se eu puder alcançar a Grande Obra também – caçoou.

Phillip bufou.

– Só lhe darei um desconto por você estar há muito tempo com a Insígnia das Almas no pescoço. Julgarei que sua falta de consciência foi provocada por ela.

Diana deu de ombros.

– Como preferir. – Fez uma pausa. – Eu me lembro de que Marlon relacionou a ave Bennu, a Fênix, à estrela Sótis, o Sol. Ele representa o ouro, tanto é que a Fênix desta insígnia é feita de ouro.

Phillip fez um gesto positivo com a cabeça e continuou, tentando reunir toda a sua paciência:

– O ouro simboliza a perfeição, e a Fênix seria a ocorrência desta perfeição. – Tomou fôlego. – A Pedra Filosofal transformaria então o metal comum em ouro. Ela na verdade representa a pureza e a imortalidade. Para os alquimistas, refere-se a um estado de consciência a ser atingido também.

— Não compreendi nada – disse calmamente enquanto jogava a toalha com parte do gelo já derretido no chão.

— Você é o processo, a Fênix, teoricamente. Este estado de consciência está dentro de você, porém veio com esta maldição tão debatida na mitologia: morte, renascimento, este ciclo. Para quebrá-lo, temos este facão aqui.

— Opa! – Exaltou-se. Diana se levantou do sofá e cambaleou alguns passos para longe de Phillip enquanto fitava o facão sobre o sofá. – Eu não farei isso comigo, não!

Phillip murmurou algumas palavras indecifráveis. Parecia ter perdido boa parte de sua serenidade.

— Sente-se, não é isso – disse pacientemente, porém sua testa já se franzira por completo.

— Ah, bom... – disse meio sem jeito.

Diana se sentou ao lado do facão.

Ele suspirou antes de prosseguir com suas explicações:

— É por isso que você não a controla. Melhore, amplifique sua consciência, assim como Helen conseguiu... ou quase. Você só terá a força física da Fênix, assim como suas outras atribuições, se for em busca desse estado de consciência, o qual só podemos atingir com muito estudo.

Agora mais serena, ela notou a gravidade do assunto.

— Eu prometo me esforçar. – Pensou um pouco antes de prosseguir. – Mas Helen teve bem mais tempo para buscá-la.

Phillip respondeu rapidamente:

— Só isso não basta, e estamos falando de transmutação espiritual. – Pigarreou.

— Eu sei. Há muito a descobrir para, então, ser compreendido. Uma busca pela perfeição que só é alcançada pelo equilíbrio.

Phillip sorriu.

– Uhm... Já é um começo. – Levantou-se da poltrona para andar, a passos lentos, pela sala.

Diana o observou como se fosse um professor. Ela o admirava muito, tanto por seu passado quanto pelo presente: Phillip se dispusera a ajudá-la mesmo sabendo do extremo perigo que corria.

– "Aceite o seu destino, Fênix" – Diana repetiu a frase dita por Helen. – O que quer dizer?

Phillip cruzou os braços.

– A essas alturas, você já sabe, não? – ele disse com uma entonação de voz ainda mais grave.

Diana fez que sim com a cabeça.

– Eu li sobre a Fênix em alguns dos livros que o senhor nos enviou naquela caixa. – Encarou o rosto de Phillip, que agora havia parado de andar pela sala. – Ela sabe o seu destino, do dia de sua morte, e assim o aceita e se prepara para isso. Então, a Fênix deve construir uma pira de ramos de canela, mirra e... mais alguma coisa, antes de entrar em combustão e ser consumida pelas próprias chamas.

– E sálvia. Exato – disse ele, sentando-se novamente na poltrona. – Dizia a lenda que aquelas cinzas tinham o poder de ressuscitar um morto.

Fênix, ouro, alquimia, a Pedra Filosofal e Elixir da Longa Vida: muitos conceitos e explicações, porém havia algo que despertara nela uma dúvida cruel sobre a Insígnia do Tempo.

– A Insígnia do Tem... – Retificou sua fala. – O Elixir da Longa Vida foi danificado.

– Eu sei da rachadura. – Entrelaçou seus dedos das mãos. – Acredite, foi melhor assim. Essa famosa panaceia universal perigosa deve ser mantida sob sigilo. – Fez uma pausa dramática. – Pena que Jasper não sobreviverá sem isso.

Diana sentiu um aperto em seu coração.

Afinal, Jasper está de que lado?, pensou.

Se ele destruíra sua própria descoberta que o tornaria o ser mais poderoso em prol da humanidade, por que então dera um elixir mortal para Diana, colocando em perigo o mundo inteiro?

Ela prosseguiu, agora segurando o facão em suas mãos.

– O que destruiria a Fênix? – perguntou.

Felizmente, Phillip tinha a resposta para isso:

– Lembra que a Fênix e o Sol estão ligados? Bennu e Sótis?

– Sim – Diana respondeu.

– E que a partir do metal comum atingiríamos o ouro?

– Também. – Ela confirmou com a cabeça.

– Isso causaria o processo inverso. – Fez uma pausa ao olhar a expressão de dúvida no rosto da jovem. – Por que não transformar o ouro em metal comum?

A jovem achou aquilo uma besteira. Quem iria querer reverter o ouro para algo impuro, comum e sem graça?

– Helen viraria metal comum, literalmente falando? – ela perguntou.

Phillip fez que sim com a cabeça.

– Literalmente falando. Mas para isso precisaríamos recolocar a Fênix nela.

– Então há uma forma?

– Sim – Phillip respondeu. – Helen ainda tem uma pequena ligação com a Fênix, mas podemos intensificá-la.

O senhor fitou o porta-retrato. Ele pareceu infeliz ao ver a imagem da mulher sorrindo.

– Sabe quem ela é?

– Era. – Phillip retificou. – A melhor amiga de Marlon. Os dois nunca se separavam, eles tinham muito em comum. Ele vivia para fazê-la sorrir e ela transformava seus dias em fardos menos pesados.

Phillip se segurava para conter suas lágrimas. Diana sentiu um aperto no coração. Um aperto diferente de tudo o que já sentira na vida.

Diana abaixou sua voz, deixando-a mais doce:

– Como ela morreu?

Phillip comprimiu seus lábios.

– Ainda é um mistério.

Diana sentiu um clima tenso no ar. Resolveu desconversar:

– O senhor pode me mostrar como... dominá-la?

Ele riu. Diana fazia menção à Fênix. Se havia uma forma, ela queria saber. Tinha de saber. Ser uma guardiã era o seu destino, embora houvesse sido Helen quem o colocara em sua vida.

Menos triste, o senhor acenou com a cabeça.

– Claro. – Phillip fez uma pausa, apontando o dedo indicador para Diana. – Mas já lhe adianto que o grau de dificuldade será alto, embora o exercício seja simples.

CAPÍTULO XVI
Estrada da sorte

– Simples – Diana repetiu.
– É. – Descruzou os braços, voltando a andar pela sala. – Tudo o que você precisa fazer é...

Diana cortou sua fala.

– Por que, quando alguém começa com um "tudo o que você precisa fazer", já sabemos que será algo do tipo... missão impossível?

Phillip deu uma risada amarela.

– Nada é fácil. – Pausou enquanto a observava por cima de seus óculos. – E estamos falando de um equilíbrio poderoso. Qualquer falha poria a existência da humanidade à prova.

Diana bufou. Pensou em um passado no qual aqueles alquimistas trabalhassem com qualquer coisa, menos com alquimia.

– Brian tinha mesmo que mexer com alquimia? – Entristeceu-se.

Phillip constatou:

– Mas ela veio para o bem! Sem ela não teríamos usufruído de avanços maravilhosos e descobertas que são usadas até hoje, sem falar das coisas simples que ninguém havia pensado antes, como o advento da técnica do banho-maria!

Ela riu. Quantos avanços significativos e Phillip pensando no bom e velho banho-maria.

– Está bem. Ponto para o banho-maria – prosseguiu com um semblante mais sereno. – Como devo fazer?

Diana se sentia só, mesmo com o grande auxílio do senhor Phillip. Embora fosse o único ao seu lado, aquele senhor agora se mostrava mais valioso que qualquer outra pessoa.

– Você deverá deixar que Helen pegue a Insígnia do Tempo.

Diana se agitou no sofá enquanto observava a mão ensanguentada.

– C-como? – gaguejou, elevando o tom de sua voz. Mexeu os braços de maneira exagerada. – Ela ficará mais poderosa e...

– Exatamente. – Ele fez um gesto positivo com a cabeça.

Phillip voltou a caminhar pela sala. Algo no lustre de cristal o incomodava.

– Por que devo permitir?

Ele teve a necessidade de se explicar:

– Simples. Com Helen ainda mais poderosa, a Fênix ficará instável, pois, pelo que se sabe, a magia colocada na Insígnia do Tempo por Jasper fará a Fênix, digamos... – fez uma pausa para pensar em uma boa palavra – decidir que o melhor lugar para se ficar é ao lado de quem está com a Insígnia do Tempo.

– Mas a Insígnia do Tempo está fraca – Diana retrucou.

– De fato. – Ajeitou seus óculos ao se sentar novamente na poltrona. – Mas a Fênix não está nem aí para isso.

Phillip falava como se a insígnia ou a Fênix fossem uma pessoa. Ambas representavam um poder imenso. Eram símbolos da imortalidade e de uma força descomunal.

Finalmente, Diana começou a compreender as boas intenções de Jasper. Embora ele tivesse lhe dado aquele elixir mortal, o criador de insígnias parecia querer o bem-estar da humanidade.

Phillip também queria o mesmo e, por isso, unira-se a ela, sem contar o fato de ter sido salvo por Jasper. Porém as intenções do alquimista se mostravam cada vez mais confusas.

– Então a maldição está ligada a isto aqui... – Diana tocou na Insígnia do Tempo com uma de suas mãos. – E o facão?

Phillip fitou aquele objeto.

– Você deverá cravá-lo na Insígnia do Tempo, mas somente quando ela estiver no pescoço de Helen.

– Entendi.

Phillip continuou, agora com um tom mais sério e grave em sua voz para ressaltar a preocupação:

– E tem que ser rápido. As insígnias vão proteger o seu possuidor, não importa quem ele ou ela seja, e a partir daí tudo ficará mais difícil.

Um suspense saíra de sua voz rouca. Phillip parecia esconder alguma coisa.

Sem ligar para seus mistérios, ela se focou em administrar melhor o seu tempo.

– Qual o próximo passo?

– Adivinha. – Pausou sua fala. – Sonhe, Diana.

Sonhar. Diana tentou se recordar da última vez que tivera um sonho normal, sem preocupações. Cerrou seus olhos castanhos e fez uma pergunta cuja resposta a deixaria desanimada:

– Quais são as minhas chances? – Fez uma pausa para analisar a expressão facial do senhor, que permanecia péssima. – Quero a verdade.

Ele a respondeu com outra pergunta:

– De vencer ou fracassar? – Virou-se para Diana.

Droga. Phillip estava bem longe de facilitar a vida da jovem. Até suas respostas a faziam pensar mais e mais.

– De vencer.

– Altas... – suspirou – para o fracasso.

Diana ficou boquiaberta, cerrando parcialmente suas pálpebras em sinal de reprovação.

Phillip fingiu não perceber tal gesto. Visivelmente irritado, levantou-se da poltrona em sinal de protesto.

– Jogue a droga das suas chances no lixo e comece a mudar o seu destino! – Exaltou-se.

Diana estava prestes a soltar uma lágrima.

– Como? – disse com uma voz fina e fraca.

– Reescreva-o! – gritou ele.

Ela acordou com o grito daquele velho conhecido. Phillip a despertara para uma nova realidade.

– Tem razão. – Fitou a toalha no chão enquanto comprimia seus lábios e se levantou. – Vamos lá.

Diana juntou as duas pontas do seu moletom branco – já com manchas de sangue – e amarrou-as de modo a deixar a barriga de fora. Ela não queria que a roupa a incomodasse naquele momento.

Seus hematomas estavam visíveis. Phillip sentia pena da jovem escritora, se bem que suas obrigações de guardiã sempre teriam de ser prioridade.

Phillip a observou enquanto Diana se preparava para o que viria a seguir. Vendo-a suja de sangue e com alguns hematomas pelo corpo, ele disse:

– Não vai se limpar primeiro?

Diana fez que não com a cabeça antes de dizer-lhe em um tom muito decidido:

– Só quando eu cravar este facão no que eu preciso.

Phillip escondeu o sorriso, se bem que Diana pôde notar um traço de esperança em seu semblante, e se adiantou:

– Calce alguma coisa, pegue seu facão de prata e vamos em frente!

Em silêncio, porém curiosa para saber os planos daquele senhor, Diana correu para o quarto de Marlon. As escadas sentiram os pés decididos e agitados da garota.

Agora próxima do guarda-roupa, Diana pegou coturnos do mesmo estilo dos de Helen, mas estes eram de couro marrom.

Esperava poder revidar o chute que recebera em seu rosto. Calçou-os com raiva. Por sorte, Marlon tinha pés pequenos. As botas lhe serviram bem até demais.

Andou até o corredor e observou Phillip lá embaixo enquanto se aproximava dele a cada passo.

Desceu as escadas.

Aparentando estar distraído, Phillip estava em pé ao lado do facão.

Antes que Diana pudesse curvar o corpo para pegar o objeto, Phillip deu um soco em sua nuca, fazendo a garota cair em cima do tapete.

– Ai! – exclamou Diana enquanto se virava para encará-lo com surpresa.

Ele se adiantou, explicando sua atitude violenta:

– Sinto muito, mas você precisa estar atenta. – Estendeu a mão para Diana. – Pegue minha mão.

Diana estendeu o braço e pegou nas mãos frias e enrugadas do senhor Phillip. Em vez de puxá-la, ele a empurrou contra o sofá, tirando o pouco equilíbrio que restara na garota.

– Helen não terá trabalho algum – comentou ele.

Diana franziu a testa enquanto pegava o facão com força, apontando o objeto pesado na direção do senhor.

– Aposto o contrário.

Sem perceber, Diana tornou as íris dos seus olhos alaranjadas. Phillip sorriu de alegria, pois sua esperança ressurgira das cinzas como uma Fênix.

– Agora sim. – Deu um sorriso maroto e fitou o facão. – Observe-o o dia todo depois que eu sair por aquela porta. – Ele fez um curto gesto com a cabeça na direção do facão. – Assim você poderá incluí-lo em seus sonhos.

Novamente confusa, Diana lhe perguntou:

– E vai resolver da mesma forma que seria se ela aparecesse aqui na vida real e eu cravasse o facão na insígnia?

Phillip deu de ombros enquanto virava o seu rosto de perfil para a garota.

– Vai se você souber incluí-lo da maneira correta. Por isso, quanto mais fixar o seu olhar nele, mais chances terá de materializá-lo corretamente em seus sonhos. – Fez uma pausa. – Dê atenção aos símbolos.

Ela torceu a boca.

– Eu farei isso. – Fitou aquele objeto, virando-o em suas mãos enquanto gravava bem aquelas imagens.

– Algo curioso sobre eles é que a lua representa a prata de que é feito o facão. Ela é a Obra Menor e... – ajeitou seus óculos – o triângulo significa...

Diana o interrompeu.

– O fogo. – Ela encarou o triângulo. – É a figura que Jasper queria achar no livro de Bailey.

– Só terá mais um dia antes da batalha, no máximo.

– Como pode saber disso? – Diana o questionou.

– Eu... – pigarreou – sinto em seu olhar. Você pode desconhecer sobre a batalha, mas a Fênix nunca se engana.

Estava próximo. Mais próximo que Diana poderia esperar.

– Estarei pronta. Devo estar.

– Este é meu palpite: a partir de agora, ela atacará nos sonhos. Helen tentará permanecer invicta antes da batalha final – ele avisou.

Diana assentiu com a cabeça. Suas íris ainda continuavam alaranjadas, porém com um tom ainda mais intenso.

– Faremos um teste antes de eu partir. Entraremos no espelho.

– O senhor tem uma chave? – perguntou Diana.

– Aqui, ela era da Sara. – Phillip tirou um colar de prata com uma pedra azul em forma de coração de seu bolso.

Eles seguiram para o Espelho das Almas e, juntos, entraram no portal.

Phillip observava uma paisagem deprimente, tomada pelo caos.

– Nunca pensei em ver Dark Night assim – comentou ele.

Os dois seguiram em frente para longe da casa de Bailey.

– Aonde estamos indo? – Diana perguntou.

– Faça esta pergunta para a Fênix. Eu devo retornar agora.

E Phillip retornou.

Diana sentia que não estava só, nunca estivera, pois a Fênix sempre lhe servira como uma aliada e ela somente se dera conta disso agora.

– Vamos – disse a si mesma.

A escuridão, mesmo de dia, imperava no vilarejo. Mais morte, mais dor: Diana via uma série de túmulos. Alguns eram feitos de ferro e outros foram construídos de uma forma ainda mais rudimentar: com pedras.

Os corvos continuavam a sobrevoar Dark Night e seus olhos alaranjados pareciam dizer algo. Ainda sem compreendê-los, a garota seguiu por mais um quilômetro antes de voltar para a casa de Marlon.

Ao chegar, Diana decidiu tomar um banho. Precisava se limpar e tirar aquelas marcas de sangue de seu corpo. Todas as suas feridas se cicatrizaram quase que instantaneamente quando a Fênix veio.

Agora ela podia aceitá-la e, talvez por isso, deixara de sofrer. Diana vira aquilo como um aprendizado: um capítulo necessário em sua história. Ela passou o resto do dia observando aquele facão.

Adormeceu no sofá com o facão em suas mãos, aguardando o próximo ataque de Helen.

Seu primeiro pesadelo foi curto: Helen apareceu em sua frente enquanto ela conversava com Thomas e James na casa de Marlon. A garota conseguiu sair daquele pesadelo, mas não obteve êxito em conjurar o facão.

Acordou. Dos males, o menor. Diana podia ter mais uma chance.

Então, antes de voltar a dormir, fitou o facão. Ela observou atentamente os dois símbolos – a lua e o triângulo – antes de cerrar seus olhos, os quais ficavam ainda mais alaranjados à medida que a batalha se aproximava.

Sentadas na beirada da cama com uma série de fotos espalhadas por ela, Diana conversava com Greta em seu antigo quarto. As duas acrescentavam algumas fotos no mural de Diana.

– Só fotos com sorrisos – avisou Diana.

– Ok – disse a mãe ao lhe entregar uma foto. – Que tal esta?

Era a foto de dois cachorros brincando. Eles pareciam felizes. Diana deu de ombros.

– Pode ser. – Pregou com um alfinete a foto no seu mural.

Sua mãe estava linda: os cabelos estavam presos em um rabo de cavalo. Vestia um macacão azul-claro com tênis pretos e usava um colar de contas vermelhas e brancas. Diana nunca a vira com uma roupa tão informal quanto aquela.

– E esta? – Greta lhe entregou mais uma foto.

Era Helen. Ela sorria com todas as insígnias em suas mãos. Diana pôde escutar as gargalhadas da mulher quando dirigiu seu olhar para aquela foto.

– Não, não... – Levantou-se da cama. Diana se desesperou ao ver Greta agora ao lado de Helen. – Não!

Diana abriu a porta de seu quarto, porém foi para um outro lugar, o qual não fazia parte de nenhum cômodo de sua casa.

Helen a seguiu.

– Pare de fugir, isso está ficando chato – avisou Helen.

Ela vestia algo bem simples: regata preta, calça jeans azul--clara e mocassins de couro preto. Seus cabelos estavam soltos.

Diana se viu em uma biblioteca.

– Saia! – gritou para Helen enquanto tentava conjurar o facão.

– Shhhh! – uma das bibliotecárias pediu silêncio à garota.

E nada. Diana tentou quatro ou cinco vezes. Ela cerrava seus olhos e tentava imaginá-lo, mas a ansiedade estava agravando o seu fracasso.

Helen a perseguia pela biblioteca enquanto derrubava prateleiras de livros, e uma delas quase caiu em cima da jovem guardiã. Nenhum dos bibliotecários pareceu se importar com a algazarra provocada por ela.

– Tente outra vez – cantarolou Helen enquanto sorria maliciosamente.

E Diana tentou. Desta vez, conseguiu conjurar uma faca cinza de plástico. Helen gargalhou.

– Droga – sussurrou Diana.

– Que patético – constatou Helen. – Parece que fiz a escolha certa, você dá uma ótima guardiã.

A amada de Brian estava falando sobre sua aposta em Diana para se tornar a próxima guardiã. Ela precisava de alguém inexperiente e fizera a escolha perfeita.

Agora, Diana saíra da biblioteca, criando uma passagem pelo único espelho de chão que lá havia. Helen pareceu ter perdido parte de sua alegria.

Diana imaginou, materializando-a de forma quase instantânea, uma cidade caótica, repleta de construções, arranha-céus e dezenas de veículos em total movimento, sem falar de um alto fluxo de pessoas que transitavam pelas ruas. Agora Helen fora convidada a experimentar o caos da atualidade.

Felizmente, a mulher a perdeu de vista, e Diana pôde ter um tempo para praticar a conjuração daquele facão, ainda dentro de seu sonho.

Contudo aquilo durou pouco: Diana entrou em uma loja de móveis, mas, em vez de se deparar com cadeiras, mesas e sofás, deparou-se com algo bem diferente: um cenário devastador. Estava em Dark Night.
– Não... – balbuciou Diana.
Aquele era um cenário sobre o qual Helen tinha pleno controle. Diana correu para um lugar ainda desconhecido por ela: a floresta morta.
Ela estava perdida, até que tropeçou em uma raiz retorcida de uma grande árvore e bateu sua cabeça em parte daquele majestoso tronco morto.
Helen se aproximava, mas Diana se deu conta de que a Fênix também tivera sua origem naquele vilarejo. E foi então que o jogo virou. Podia sentir os ventos carregarem bons agouros em sua direção.
A garota cerrou seus olhos e, ao abri-los, suas íris estavam totalmente alaranjadas. Diana acabara de aceitar a sua verdadeira forma. Ela se levantou ao mesmo tempo em que abria a mão para conjurar o facão de prata com os símbolos alquímicos gravados nele. Finalmente, o objeto apareceu em sua mão.
Diana pôde sentir seu peso, assim como a frieza da prata que agora estava em contato com sua palma. Ela o virou nas mãos e viu a presença dos símbolos da lua e do triângulo.
Apertando-o com força, Diana estava com uma expressão de serenidade. Aproximou-se de Helen, que já desistira de ir ao seu encontro e se abaixara naquele chão enlameado. A mulher conjurou um pequeno poço e mergulhou nele, desaparecendo por completo.
Diana correu para encontrá-la. Agitou-se a ponto de acordar.
Ao abrir seus olhos alaranjados, falou em voz baixa:
– Você me disse adeus.

CAPÍTULO XVII
Xeque-mate

Jasper estava bem à sua frente, segurando a mão de Diana que apertava o facão ainda com muita força.

Ele vestia um sobretudo preto, camisa branca e calça jeans azul-escura. Calçava mocassins pretos. Estava também no sofá, em cima de Diana. Seu olhar era tão intenso que ela podia senti-lo. A respiração de ambos estava calma.

– Eu disse.

Diana o questionou:

– Então por que voltou? – Sacudiu seu braço. Jasper a soltou. Ele se levantou do sofá, virando-se de costas para a garota.

– A guerra está por vir. – Fez uma pausa. – E eu quis voltar.

– Pela guerra – ela concluiu. – Phillip me diss...

– Não, por você – Jasper a interrompeu.

O rapaz arrancou as palavras de Diana, deixando-a em silêncio por um bom tempo.

Ela se sentou enquanto pousava o facão de prata ao seu lado. Jasper tocou no livro amarelo e o pegou em suas mãos.

– Joe, Joe... – repetiu o rapaz.

– Achei na casa dele. Senti uma energia – Diana explicou.

– Deve ter sentido, ele é importante. – Sentou-se ao seu lado. – Ele fala do facão e de sua importância e une o símbolo do Selo de Salomão a ele.

– Entendi... – Olhou para o porta-retrato. – Você a conheceu?

– Não, Diana.

– Uhm... Por que tentou me matar com aquele elixir esverdeado?

– Você não podia saber disso antes, mas eu o troquei por um outro elixir, de mesma espessura, coloração e quase o mesmo odor. Aquele elixir nunca lhe faria mal, muito pelo contrário.

– Como assim? – Diana o olhava enquanto franzia sua testa.

– Ele lhe daria a habilidade de sentir a presença de Helen quando ela estivesse por perto – explicou Jasper.

– Por que não me disse isso antes? – A garota ficou confusa.

– Nossos pensamentos estavam conectados com a Fênix e, como Helen e você já a tiveram, isso complicava as coisas. O estrago que fiz na Insígnia do Tempo mantinha a conexão de nossas mentes ainda mais evidente, então tudo o que você sabia, ela também podia saber.

Diana concluiu:

– Então eu tinha de continuar achando que você estava do lado dela.

– Isso – Jasper confirmou com a cabeça.

O rapaz suspirou, levantando-se do sofá.

– A propósito, tem umas roupas nesta mochila e algo para você comer.

Diana o viu pegar uma mochila verde-escura do chão e lhe entregar.

– Obrigada. – Sorriu.

Enquanto ela comia o sanduíche natural de frango seguido por um pedaço de bolo de cenoura com chocolate, Jasper conferia a casa.

Após terminar sua refeição, ela escovou os dentes com a escova que encontrara na mochila e, em seguida, separou umas roupas para vestir depois de tomar outro banho.

Ela optou por uma regata vermelha e calça legging preta. Diana ainda usava as botas de couro marrom de Marlon.

A garota foi ao encontro de Jasper, que a esperava com o facão em mãos.

– Faremos um teste. – Entregou-lhe o objeto. – Vamos ao espelho.

Diana concordou com a cabeça.

Os dois atravessaram o espelho e lá só encontraram MRs.

– Como devo matá-los? – Diana se desesperou ao ver tantos.

– Não me pergunte – Jasper respondeu enquanto matava alguns.

Eles notaram a raiva daqueles seres. Diana viu os semblantes de ódio.

– Consigo matá-los com este facão? – ela perguntou ao rapaz enquanto se livrava de um ou outro morto renascido com ele.

– Com a Fênix também, se você conseguir encontrá-la dentro de si.

Jasper fez um sinal para que eles saíssem de Dark Night. Agora na sala do Espelho, Diana se desanimou:

– Eu errei. – Balançou a cabeça.

Jasper retrucou:

– Um erro também é um aprendizado. – Sorriu.

Eles treinaram por quase uma hora. Alguns golpes de luta, práticas de como desarmar o inimigo e como se defender de um ataque repentino. Jasper a ajudava como podia e Diana absorvia o máximo de cada palavra sua.

Ainda era madrugada. Cansada, Diana voltou a dormir. Jasper decidiu observá-la enquanto a guardiã embarcava em mais um perigoso sonho.

Ela se encontrava em Dark Night, próximo da plantação de trigos esturricada. Helen também estava lá.

Estava mais claro no vilarejo. Os corvos rodeavam Diana. A garota novamente teve êxito em conjurar o facão, mas Helen, dotada de artimanhas, jogara um manto preto em Diana, tapando sua visão.

Ao retirar o manto de si, ela se viu em outro lugar: uma cafeteria. Agora, estava sem o facão de prata.

O lugar era pequeno e rústico, mas bem iluminado. Havia apenas seis ou sete mesas nele. Algumas pessoas conversavam enquanto apreciavam um bom café.

Diana foi em direção ao único espelho de lá. Era de chão, com quase um metro e meio de altura.

Deparou-se com o reflexo de Helen bebendo uma xícara de café. Era como se ela estivesse dentro do espelho, mas, em questão de instantes, a mulher o atravessou para ir ao encontro de Diana.

Ela acordou. Escutou vozes. Thomas e Jasper conversavam na sala.

– Voltei – disse Thomas para Jasper, que acenou com a cabeça.

Com um visual básico, Thomas escolhera vestir calça *skinny* preta e uma camisa branca com listras azul-escuras. Calçava tênis brancos.

– O que está acontecendo? – Diana perguntou a Thomas.

– Jasper me explicou tudo. – Pigarreou. – Trago más notícias.

Diana já imaginava o pior. Sentiu calafrios por todo o corpo.

– Sobre Marlon – Jasper balbuciou.

– É. – Thomas reuniu forças para continuar, mas sua voz saiu embargada. – Marlon se foi. Ele morreu, Diana.

Ela sentiu um soco em seu estômago, e este doía mais que o chute dado por Helen. Ficou sem palavras.

Agora, Diana era oficialmente a principal guardiã do espelho.

– Por que eu sinto que isso não é tudo? – disse a jovem enquanto segurava suas lágrimas.

– Encontramos Phillip. Bom... – Thomas fitou o chão enquanto tentava prosseguir, tirando uma carta amassada do seu bolso. – Isto é para você.

Ele entregou a carta nas mãos de Diana. As de Thomas estavam trêmulas. Havia algo que a guardiã precisava saber. Algo que já pressentira em seu coração:

Querida Diana,
Há tempos estou para lhe escrever esta carta, desde o dia em que a vi pela primeira vez. Sinto um nó em minha garganta que clama pelo direito de gritar, mas o ignoro. Portanto, serei breve:
Agora, minha livraria está só e você a tem. É a minha única, mas preciosa herança para você, jovem guardiã. Recorra a ela quando sentir necessidade. The Lost Ghosts habitará em meu coração enquanto eu tiver permissão para me recordar desta vida terrena.
Sim, minha cara, estou morto. Minha alma se dirige para uma outra dimensão, pronta para embarcar em uma canoa que me leve ao encontro de minha amada, Sara. Portanto, não chore: encontrar-me-ei com a felicidade muito em breve.
– P.

Diana sorriu enquanto lágrimas percorriam seu rosto.

Alguns minutos se passaram. Os três permaneciam em silêncio, que só foi quebrado com a vinda de James. Ele vestia calça jeans azul-clara e regata cinza. Calçava tênis pretos.

O rapaz abriu a porta. Parecia estar sem paciência alguma.
– Tem alguma coisa errada com aquela planta, tô avis... – Deparou-se com o porta-retrato. – Vivian.
Ele perdeu a fala ao olhar para a foto daquela mulher. Deu meia-volta e saiu da casa.
– Era a esposa dele – Thomas explicou. – A casa onde eles moravam desabou. Vivian estava lá enquanto James seguia para o trabalho.
– Eu... sinto muito – disse Diana. – O que houve?
Jasper permanecia em silêncio enquanto olhava a foto.
– Falhas na estrutura. A perícia constatou várias delas – disse Thomas. – Vivian amava borboletas azuis. Ela e Marlon eram muito amigos, sabe?
Diana teve um pressentimento, por isso saiu de lá às pressas. Precisava falar com James sobre o lance da borboleta azul.
O homem estava sentado com as costas apoiadas em uma das colunas da fachada da casa. Ele fitava o chão enquanto mexia na chave do seu veículo.
– Quando amamos muito alguém, este alguém pode... – fez uma pausa – retornar de uma outra forma, sabe? – Diana apoiou seu braço nos ombros de James, que a olhava com profunda tristeza.
– Se Vivian voltasse... – fungou – seria na forma...
Diana completou:
– De borboleta azul. – Sorriu. – Uma pousou no meu ombro. Ela era mais que uma borboleta, James.
Ele a abraçou fortemente. E os dois ficaram ali por mais alguns instantes antes de uma borboleta azul pousar na mão de James.
– Veja – disse ele.
Diana se afastou um pouco. Eles a observavam mexer delicadamente suas asas azuis com detalhes na cor preta.

Mais uma borboleta pousou. Desta vez, foi no ombro de Diana. Era uma borboleta ainda maior e marrom. Os dois sabiam que se tratavam de Vivian e Marlon.

As duas borboletas permaneceram ali por mais alguns segundos antes de voarem juntas em direção ao céu.

– Temos que ir – Diana disse antes de entrar na casa. Ele a seguiu.

James fez um sinal para Thomas, que lhe entregou a chave de Sara, que estava com Phillip, enquanto Diana pegava o facão de prata em suas mãos.

Jasper foi ao encontro dos dois com a chave de Diana agora em seu pescoço. Eles entrariam no Espelho das Almas para encarar Helen e os MRs.

Dark Night estava sombria. Os céus ganharam uma coloração alaranjada. Nenhum sinal dos corvos desta vez.

Mortos renascidos formavam um exército de centenas de almas raivosas. Eles partiram para o ataque. Diana segurou a mão de Jasper antes de cerrar seus olhos e aceitar, de uma vez por todas, a Fênix dentro de si.

Jasper possuía mais habilidades para aniquilar os MRs do que James.

– Você pode senti-la? – Jasper perguntou enquanto lutava. Diana fez que sim com a cabeça.

– Ela se aproxima lentamente! – a garota respondeu.

A jovem guardiã foi arremessada no chão por um dos MRs. Ficou com as pernas e os braços enlameados. Ela se esforçava para se recuperar ao mesmo tempo em que Jasper lutava com quatro de uma só vez.

Aquilo durou quase dez minutos e Diana, mesmo com suas íris completamente alaranjadas, ainda procurava a Fênix. Sem ela, tudo estaria perdido e a guerra, ganha por Helen.

A mulher apareceu. Ainda estava com aquele vestido vermelho e suas botas permaneciam com sangue. Ela sorria maliciosamente para Diana, que se levantou e foi ao seu encontro.

– Corajosa – debochou Helen.

A garota ignorou a provocação. As duas começaram a lutar.

Com uma agilidade de dar inveja, Helen tirou a Insígnia das Almas do pescoço de Diana, fazendo com que a maioria dos MRs olhasse para ela.

– Quatro de cinco! – exclamou, colocando-a em seu próprio pescoço.

Após ser abatida muitas vezes, Diana pensou que a guerra estava perdida e era uma questão de minutos para a amada de Brian triunfar e pegar a Insígnia do Tempo.

Diana avançou para cima da mulher, segurando-a pelos cabelos negros. Helen pareceu nem se importar com o ataque fraco da garota e a golpeou com o punho cerrado bem na altura do peito.

A garota caiu. Ela via Jasper e James, unidos, combatendo MRs.

– Você não pode vencer! – urrou Diana enquanto se levantava.

Mais alguns golpes de Helen foram necessários para que Diana desmaiasse. Ela acordou já sem a Insígnia do Tempo e se chocou com o que estava prestes a acontecer.

Helen agora andava na direção de James. Com apenas dois ou três golpes, ela quebrou um dos braços do rapaz.

– Fui eu! – Helen batia em seu próprio peito. – Lembra da Vivian? Foi tão fácil provocar aquelas fissuras! – finalmente confessou. Diana sentiu seu coração acelerar.

– P-por quê? – disse ele com uma voz fraca enquanto soluçava em lágrimas e se escorava até a casa mais próxima.

– O pior foi escutar os gemidos de dor da tal Vivian – Helen continuou. – Ela ficou lá durante duas horas e meia gritando por ajuda. – Riu.

Diana não conseguiu mais escutar aqueles sons: o choro de James e as gargalhadas de Helen. Foi então que observou a árvore que vira em seus sonhos. Tinha de chegar até ela. Algo lhe sinalizava que deveria tomar aquela direção, mas ainda não era a hora. Diana iria ajudar James primeiro.

Helen se aproximou um pouco mais.

– Pare! – pediu James, colocando a palma da mão na cabeça ao receber um golpe da mulher.

– Phillip, confere. – Helen fingiu portar uma lista em sua mão e, com a outra, segurar uma caneta. – Marlon, confere e... James? Conf...

Diana a golpeou por trás.

Helen urrou de dor ao se virar para a guardiã:

– Venha!

Diana reuniu todas as suas forças e se jogou no chão com Helen. Deu alguns socos na mulher e tal provocação tirou a atenção dela em James.

Trilha sonora perfeita? As batidas de *Canceling the Apocalypse*, de Ramin Djawadi, podiam ser sentidas do coração de Diana até a ponta dos seus dedos das mãos e dos pés.

A garota se levantou.

Helen corria atrás dela, que se dirigia à árvore que vira em seus sonhos. Havia uma energia favorável para Diana rodeando aquele lugar. Ela podia se sentir mais poderosa ali e correu até lá.

No entanto, antes que pudesse tocá-la, foi jogada no chão. Helen a atacara.

– Não! – exclamou a mulher. – Você quer mesmo morrer... Quer que ele morra?

Helen se referia à morte de Jasper, que estava em suas mãos, literalmente. Se aquele facão fosse cravado na Insígnia do Tempo, ela nunca mais poderia ser consertada e ele morreria.

Diana sentia que deveria, assim como a Fênix, aceitar o seu destino para então poder triunfar, por mais que aquilo fosse difícil. Era o seu dever e talvez a última coisa que ela faria antes de morrer.

– Você estava certa – disse Diana, enquanto cerrava seus olhos. Helen podia ver aquele tom vivo de laranja neles, mesmo com as pálpebras fechadas. – Eu dou uma ótima guardiã.

Diana abriu seus olhos e cravou o facão de prata na Insígnia do Tempo, fazendo o objeto se estilhaçar em diversos pedaços.

Helen apalpou um fragmento enquanto caíam no chão.

– Eu não entendo – disse a amada de Brian enquanto rastejava pelo chão enlameado à procura dos outros pedaços da insígnia.

Distante dali, Diana viu Jasper também cair. A energia que o mantivera vivo por todo aquele tempo se dissipara para bem longe.

A garota correu enquanto Helen tentava, sem êxito, afastar-se da árvore.

Diana combateu as dezenas de mortos renascidos que cruzavam o seu caminho. Ela enfim largou o facão de prata no chão enquanto os aniquilava com suas próprias mãos, as quais soltavam filetes grossos de fogo quando se encostavam neles.

Diana derrotou muitos daqueles seres das trevas e rapidamente levou James para fora do espelho, carregando-o em seus braços graças à força descomunal da Fênix.

– Cuide dele – disse Diana a Thomas, antes de retornar ao espelho.

Enfim correu até Jasper. Ele estava no chão, caído de lado.

Abraçou-o enquanto sentia sua respiração fraca. Ela o viu sorrir pela última vez. Sem mais nenhuma força vital, Jasper morreu em seus braços.

A jovem guardiã secou as lágrimas com o dorso das delicadas mãos. Dirigiu-se para a grande árvore ao pegar o facão de prata novamente. Helen ainda estava lá, só que um pouco mais afastada do que antes.

Tudo o que a mulher tocava ou pisava virava ouro. O poder da Fênix estava mesmo em Helen. A Insígnia do Tempo o atraíra para ela.

Assim como Diana havia feito, Helen tinha de aceitar seu destino também. Sem pensar suas vezes, Diana cravou o facão no ventre de Helen.

Em poucos segundos, Diana a viu se transformar em uma estátua de chumbo. Phillip a avisara do processo inverso na alquimia: de ouro para metal comum. A partir de agora, apenas a parte boa do poder da Fênix habitaria o corpo da guardiã.

Aproveitando o momento, a garota cravou o facão nas demais insígnias que estavam no pescoço de Helen, uma a uma. O jogo acabara: xeque-mate.

Sentindo que a hora se aproximava, Diana se dirigiu à grande árvore. Lá, agachou-se e permitiu que o fogo viesse de dentro de seu corpo. As chamas a consumiram por inteiro, de forma lenta e dolorida.

Diana estava morta e só o que sobrara da garota eram suas cinzas.

Depois de horas, ela renasceu. Suas íris ainda estavam com aquele tom vivo de laranja. Ela vestiu um manto vermelho-sangue jogado próximo à árvore e se dirigiu ao corpo de Jasper, segurando em suas mãos o que restara de suas cinzas.

Elas deveriam fazê-lo ressuscitar se a garota estivesse com a Fênix totalmente enraizada dentro de si. Diana as jogou no rapaz, que, em poucos instantes, ganhou o sopro da vida.

Seus olhos puderam se reencontrar.

– Você precisa ir – disse Jasper ao perceber uma grande instabilidade ocorrendo em Dark Night.

Eles se levantaram. Diana correu para fora do espelho.

– E Jasper? – disse ela ao ver James e Thomas a olharem surpresos.

– Ele não poderá sair, sinto muito. – Thomas a consolou.

– Por quê? – Exaltou-se. – Ele estava... estava vindo e...

– Marlon disse antes de morrer que, após o surgimento da Fênix, o espelho se fecharia – James explicou. – Jasper só poderá sair quando o espelho consertar sua rachadura, e isso deve demorar uns trinta anos.

– Jasper está com a minha chave – retrucou a garota.

– As chaves não funcionam mais. Ele agora estará só e, quando voltar, voltará sem memória alguma, infelizmente.

Os três decidiram se sentar na varanda da casa. James e Diana observavam o céu e as duas borboletas que ainda continuavam lá. Elas pareciam brincar e, por diversas vezes, aproximavam-se dela e de James.

Diana pôde escutar nitidamente *Behind Blue Eyes*, do The Who, música que Thomas agora cantarolava.

Eles pararam para contemplar um céu sem nuvens e sem pesares. Todos os três foram tocados pela paz que mereciam.

grupo novo século

Compartilhando propósitos e conectando pessoas
Visite nosso site e fique por dentro dos nossos lançamentos:
www.novoseculo.com.br

‹ns

facebook/novoseculoeditora
@novoseculoeditora
@NovoSeculo
novo século editora

gruponovoseculo
.com.br

Edição: 1ª
Fonte: Athelas